悲しみの
ルシフェルス

LUCIFEROUS DOULOUREUX

早澤 正人

東京図書出版

悲しみのルシフェルス【目次】

ルシファーの呪い

第一章　蛇

1

天地創世が終わって、まだ間もない。世界が初々しく輝いていたころ——。

天界にルシファーという名の、とても美しい熾天使《セラフ》がいた。その美しさは天使たちの中でも、ひときわ輝き、眩いほどで、瞳はたえず少年のような純粋な好奇心に満ち、光輪からはいつも金粉が溢れていた。多くの天使たちは、うっとりとため息をつき、「あけの明星」と呼んで、その美を讃えていた。

彼はまた、才知においても、並ぶもののない天使であった。かつて、世界が創造された際、天使の一軍を率いて怒り狂う悪魔たちの御魂を鎮めたのは、彼であったし、地上の多くの動植物を繁栄に導いたのも彼であった。大天使ミカエルは、そんなルシファーを寵愛し、いつもその美と才を賞賛していた。

「おお、ルシファー。主に愛されし者よ。お前は多くの生命を守護し、これを正しく天界に導くがよい。そうすれば、お前の栄光もまた、この世界の全ての生き物の感謝や喜びと共に光り輝くであろう」

ルシファーは、もちろんそうした自身の幸福に感謝していたし、自らの行いに疑問を抱く事もなかった。ただ、彼は、ときどき不思議に思った。なぜ、この世の秩序は定まらないのか、なぜいつまで経っても悪の根の絶える気配がないのかと。

好奇心の旺盛だったルシファーは、この世界の神秘をすべて解き明かしたいと思った。そこで学問を好み、対話を重ねた。そうして、彼の叡智はいつしか神意に達するものとして、多く世人の尊敬を集めるようにもなっていた。

2

そんなある日の事である。ルシファーが、いつものように森を散策していると、道端にこれまで見た事もないような大きな蛇が寝そべっているのに出会った。どのくらい大きいかというと、ちょうどあのオリンポス山を一巻きするくらい。まるで神木のように巨大な蛇であった。しかも、とぐろを巻いているその体は、知恵の輪のように複雑にこんがらがっている。

「むっ。お前は一体何者だ？」

ルシファーは驚いて言った。

蛇は、とぐろの中から、頭をにゅっと出して言った。

「私はこの森の主であり、守護者である。実はあなたに頼みたいことがあって、ずっとここで待っていたのである。どうか私のお願いを聞いておくれ」

「ふむ。どんな願いであろう」

蛇はやや安心したような顔をして、

「実は、私はもともとこの世には生まれてきてはいけない魂だったのである。けれども、どうしても肉体が欲しかった私は、嘘をついて天使の眼を欺き、まんまと肉体を手に入れた。けれども、嘘をついた罪で、神様の怒りを買い、このような体にされてしまったのだ。神様は私に『お前など、そうやって永久にこんがらがってしまえ』と言われた。爾来、私は自分の体がこんがらがってしまって、身動きを取ることすらままならない。これまで何度も自分で解こうとしたけれど無理だったし、通りすがりの天使にも頼んでみたが、やっぱり無理だった。あなたは神様の寵愛を受けている立派な天使と聞いた。ぜひ頼みたい。

私をこの呪縛から助けておくれ」

「なんだ。そんな事か。簡単だ」

そう言うやいなや、ルシファーは腰の剣を抜いて、大蛇の体を真っ二つに断ち切ってしまった。

「どうだ。これでお前の謎も解けただろう」

ルシファーはそう言って、さわやかに笑った。

しかし、蛇は大いに痛がって、そこら中をのたうちまわりながら言った。

「お前はなんという事をするのだ！」

息も絶え絶えに、蛇は怒り狂った。

「私は……主の呪いを受けたが、同時にこの森の守護者として永遠に生き続けよとも言われた。私はこれで自らの贖罪すら果たせなくなってしまったではないか……ああ、お前は何ということをしてくれたのだ……」

「私はそんなお前を呪縛から解放したのではないか。蛇よ。ここで私に会ったのも主のお導きであろう。お前の罪は許されたのである」

「いいや、私はお前を許さないぞ」

そう言うと、蛇は渾身の力を振り絞って、ルシファーの脛に齧りついた。

「あ、何をする」と叫んでルシファーが振りほどくと、蛇は世にも不気味な笑みを浮かべた。

「私の毒は……お前の体をめぐり……お前も私と同様に……永遠に解けない謎をかかえて苦しみ続けるのだ……。生きることも、死ぬことも、そして狂うこともできずに、永遠の虚無をさ迷い続けるのだ。ざまあみろ。私と同じ苦しみを抱えて生き続けるがいい……」

ルシファーはしばらくその場に呆然と立ち尽くしていた。何かとても恐ろしいことをしてしまったような罪悪感と後ろめたさがあった。彼は蛇に何か言おうとしかけたが、それはすでに息絶えていた……。

3

蛇の予言は、はたして的中した。

その日以来、ルシファーは何か得体の知れない病気に、かかってしまったのである。なにせ体にも心にも何の異常も見当たらないのに、どうしたわけか彼の体は日に日に不健康になっていき、まるで病人のように衰弱していくのである。

もちろん、湯治にも行ったし、一通りの医者にも見せた。しかし、その病状は一向によくなる気配がなかった。ルシファーは、いつも疲れきったように、ぐったりして、あまり外にも出ていかず、ただ薄暗い部屋に引きこもって、憂鬱な思いに耽ってばかりいるのである。

そんなルシファーの変化は、たちまち天使たちの間でも話題になった。これまで、あれほど陽気であったルシファーが、いつも塞ぎこんでは、ため息ばかりついている。陽気な天使たちは、しかしそれをルシファーの「恋わずらい」だと冷やかして、何かにつけ、やいのやいのと騒ぎ立てた。

「ルシファー君。チミに愛された幸運な天使は誰なんだい？」

しかし、いくら囃し立てても、ルシファーはさもつまらなそうに、首を横に振るばかりであった。天使たちはそれを見て、ますます面白がった。

「やれやれ。ルシファー君の恋わずらいは深刻だぜ」

しかし、ルシファーの病気は、その後もどんどん悪化していった。口数はめっきり少なくなり、その体もやせ細って痛々しいまでに憔悴していった。また、その言動も、しだいに狂気じみてきて、一人でぶつぶつ何か喋っていたかと思いきや、突然大声を出したり、明朗に歌っていたかと思うと、突如暗い顔になるなどして、周囲を驚かせるようになった。

そんなルシファーの様子を見て、さすがに天使たちも怖くなってしまった。

「いったい、ルシファーはどうしたというのだろう？」

「うん。髪の毛は、ぐしゃぐしゃだし、身なりも汚いし、まるで浮浪者みたいだぜ？」

「気が狂ってしまったのではないか？」

「でも、話の受け答えは、しっかりしているし、ご飯も、しっかり食べてるぜ？」

天使たちはそんなふうに噂した。しかし、誰も何もできなかった。皆、ルシファーが何で苦しんでいるのか、分からなかったからである。彼等はただ、遠巻きにしげしげと見守るほかなかったのである。

4

いったい、ルシファーの偉大なる魂は、いかなる神秘の謎に蝕まれていたのか？ その高潔なる精神を、いかなる苦悩が苛んでいたか？

それは、ルシファー自身にも分からなかった。ただ、彼は随分前から天国に空しさを感じて仕方がなかった。道を歩いていても、周囲の者たちが何だかよそよそしく見えたし、自分一人だけ、まったく場違いなところにいるかのような、白々しい疎外感を覚えた。

（楽園というのは、空しいところだ……）彼はしばしばそう思った。

（生き物なんて何をしたって、空しい存在じゃないか。結局、死ぬのだから。それなのに、天使たちときたら、どうして、毎日あんなバカみたいに笑っていられるのだろう。死んでしまえば、何も残らないというのに。ああ、おめでたい奴等である。あまりにも無知だ……）

けれども、彼はそのように考えるだけで、何もできなくなってしまった自分自身を恥ずかしくも思った。

（それなら、僕はなんで生まれてきたのだろう……）

しかし、いくら考えてみても、答えは分からなかった。

まったく、それは不思議な病気としか言いようがなかった。彼の心はいつも迷っていたが、何に迷っているのか、自分でも分からず、またいつも何かを求めていたが、何を求めているのかも、自分で分からなかったのである。彼の心は空回りしていたが、そんな自分にいつもイライラしていた。そんなわけで、ルシファーのなかでは空虚な苛立ちばかりが募り、いたずらに疲れてしまうのであった。

まるで蛇の言葉が聞こえてくるようである。

「お前も神に呪われる者となったのだ。これから先、生きることも、死ぬことも、狂うこともできずに、永遠に虚無の世界を、さ迷い続けるのだ……」

第二章　誘惑

1

　それから二ヶ月経ち、三ヶ月も経ったが、ルシファーの苦悩は相変わらず恢復するどころか、悪くなっていく一方であった。彼は人目を避けて、いつも薄暗い自分の部屋に引きこもり、そうして時々外に出てくることがあれば、その狂気じみた目をギラギラさせながら、天使たちに議論をふっかけたり、悪口を言ったりするようになった。そして、そんなルシファーの憂鬱は次第にこの世界にも、混乱を齎すようになっていった。

　とりわけ、彼の守護する東方浄土には、多くの災厄が溢れた。ルシファーが病に冒されて以来、この地の動物たちは、みな不安にかられて脅えるようになり、花も鳥も、ただ悲しみばかりを歌った。空はどんよりと曇り、風も淋しげに吹き渡った。いつも笑ってばかりいた精霊たちは、ルシファーにうるさいと怒鳴られて、ただ、もう、しくしく泣いてばかりいたし、森の女神たちも、美しいルシファーに嫌われたといって嘆いた。花は枯れ、雑草も生い茂った。つまりは、すべてが主人であるルシファーの心と同様、憂鬱と不安に満ちて、陰気になってしまったのである。

そんな東方の寂れた様子には、不気味な雰囲気さえ漂い始めていた。そして、これは何か悪いことが起こる前兆ではないか、と本気で心配する天使も現れ始めていた。

2

ところで、このように混乱した天国の様子を見て、実はこれをひそかに面白がっている天使がいた。その者は天使でありながら悪しき心を持ち、恐ろしい野望を胸に秘め、いつの日か自分がこの世界の王として君臨すると、本気で信じていたのであった。

その天使は、名をサタンという。この者は、もともとルシファー同様、天国では大天使に次ぐほど、位格の高い熾天使《セラフ》であった。その性格は剛毅にして大胆、奔放にして享楽的とされ、その御姿は孔雀に似て、一見、悪魔と見まごうほど、絢爛豪華に光り輝いていたという。もっとも、彼はとても我の強い天使でもあり、自分を常に神聖なものとみなし、自分の上に立つ一切のもの——すなわち、神の存在や、神に祝福されたこの世界のことを軽蔑していた。それゆえ評判のいい天使でもなかった。

　そんなサタンであるから、退廃的な青年になってしまったと、近頃評判のルシファーに興味を抱いてしまうのも当然であった。彼はルシファーの考えを知りたいと思い、また、あわよくば天国でも大きな勢力を持っているルシファーを味方にして、自分の協力者にしようと思ったのである。

　ある日、彼はいつものように薄暗い森の木陰で、憂鬱な思いに捉われているルシファーのもとを訪ねた。

「ルシファー。君はこの頃、えらく不機嫌だそうではないか。いったいこの世界の何が不満なんだい？」

　すると、ルシファーは疲れきった顔をしながら、答えて言った。

「何が不満と言われても、何が不満なのか、分からない事が不満なのだ。サタン」

「しかし、君は神様の悪口すら言っているそうじゃないか？」

　ルシファーは眉間に皺を寄せて吐き捨てるように言った。

「ふん、神だけじゃない。天国も世界も天使たちも何もかもが、僕の癪に障るのだ。そうして、そんな自分自身すら、僕の癪に障るのだ。理由は僕自身にもよく分からない。けれども、そんな事もまた、僕の癪に障るのだ」

ルシファーの眼には、毒々しい光が妖しく輝いていた。その眼にはこの世界の一切を軽蔑し、嘲笑するものがあった。

「これは驚いた。聡明な君が自分の憂鬱の原因すら分からないのかい？」

「僕はバカになったのだ。サタン。なにも分からなくなってしまった。この世は僕にとって、あまりにも不可解である」

さらに、ルシファーは虚ろな眼差しで空を眺めながら、この世の不条理について、生きることの空しさについて、神への不信について、問われるともなく、錯乱しがちな言葉でぶつぶつ語り始めた。

悪しきサタンは、しばらく黙って、そんなルシファーの話を聞いていたが、やがて感動したように口を開いた。

「わが友、ルシファーよ。なるほど、君の話を聞いていると、君と僕とは似た者同士だったという事がよく分かった。ああ、僕も胸が痛いよ。君の言葉は、まるで自分のそれのように、僕の胸に突き刺さってくるからさ」

ルシファーは小馬鹿にしたように笑った。

「僕と君が似ているだって？　冗談はよせ。僕は世界中の誰にも似ていない」

「そう、誰にも似ていない――それが重要なのだ。ルシファー。誰からも理解されず、誰からも相手にされず、そうして一人で苦しんでいる。つまり君も僕も孤独なのだ。ただ、君と僕とに違いがあるとすれば、君がいつも自分を否定して迷っているのに対し、僕は自分の欲望を大肯定しているという、その一点だけかな」

ルシファーは皮肉な微笑を浮かべた。

「サタン。僕は否定すべき自分自身すら見失っているのだがね？」

サタンは、しかし落ち着いて答えた。

「なに、自分が何者であるか、などというのは、瑣末な問題に過ぎないさ。もし君がこの世界を気に入らないというのなら、破壊してしまえばいいのさ。畢竟、自分なんていうものは、そんなふうな世界との関わり方のなかにしか、見出せないものなのだから」

「しかし」と、ルシファーは首を振った。

「世界の破壊は、僕の望むところではない……」

「いや、破壊こそ創造のはじまりさ。まあ、聞いてくれよ。ルシファー。僕の話を……」

サタンはそう言うと、ルシファーの肩に手をかけ、まるで恋人に話しかけるように、自身の身上について語り始めるのであった。

3

「……君も知っているように、僕は元々、第十二天使長の一つを司り、この世界の創世にも携わった、やんごとなき識天使《セラフ》の一柱である。

僕の主な仕事は悪魔を退治し、神の法と世界の秩序とを守ることだ。かつて僕は、その使命感に燃えていて、日々、下界を巡回しては秩序を守り、悪魔がいればそれを懲らしめたりしていた。

もちろん、大地の底から噴出してくる魑魅魍魎とした悪魔の数など無限だから、休む暇など殆どなかった。朝には憎悪を撒き散らす巨人族と戦い、夕には疫病を蔓延させる悪霊と戦う。そんなふうにして、僕はただ、えんえんと、この世界を巡回し続け、生き物が信仰の道を踏み外さぬように、陰ながら彼等を支え続けてきた。

ところが、世界のはじまりから何千年、何万年と経っても、どうしたわけか、この世界は一向に変わる気配がない。いや、それどころか、むしろ悪くなっているような気さえする。相変わらず、世界には下等な生き物たちが跋扈していたし、悪意に満ちた暴力や欺瞞も蔓延していた。善良な生き物は、常に虐げられ、迫害されていた。

いったい、なぜこの世の秩序は定まらないのだろう？　なぜこの世界から、悪の根は絶えないのだろう？

僕は思ったのだ。それは、この世界がいまだ原初の混沌《カオス》を脱していないからなのだと――。君も覚えているだろう？　この世界の誕生する以前、宇宙がおぞましい混乱と悪意に満ちていたことを。そこでは何もかもが矛盾に溢れていて、とても僕等の手に負えるような代物ではなかった。しかし僕等はそんな憎悪に満ちた滅茶苦茶な世界を、なんとか愛に満ちた幸福な世界にするために、万物を神の意志に沿った法の秩序のもとに置こうと、そうして全ての生き物が平穏に暮らせるようにと、様々な手を尽くして、何とかこの世界を作ったのだった。

けれども、そうして出来上がった世界は、僕等が望んだものとは、全く似つかぬ不可解なものとなってしまった。見るがいい。世界は幻（マーヤ）の深い霧に覆われ、真理は覆い隠されてしまっている。この世に実体はなく、全ては無常。まったく空疎な虚偽に満ちた蜃気楼の如きものだ。そして、そこに生きる者たちもまた、多く幻影に惑わされ、目先の我欲にばかり執着し、悪意と虚偽と暴力に取り憑かれている。この世界の秩序はみせかけだけの不完全なものになっている。

つまり、この世界は失敗作だったのだ。ルシファー。この世は、これから先、何万年、何億年と経っても、きっと何も変わらないだろう。神の福音が実現されることはなく、生き物が幸福になることもない。ただ不可解な生の苦しみだけが、永遠に続いていくだけだ。君もこの世界のそんな不条理に気づいているはずだぜ。君に不可解な苦しみを与えているのはこの世界だし、君を迷わせているのもこの世界なのだから。狂っているのは君ではない。この世界のほうなのさ。

それならばだ。こんな間違った世界は、一度滅ぼしてしまったほうが良いと思わないか？　何もかもを一旦滅ぼしてしまって、しかる後に僕等の気に入るような世界——そう、完全なる真理の世界を実現するのだ。それは難しい事業であるに違いない。しかし、今の世界に比べれば、はるかに希望が持てるというものさ」

そう話し終えると、サタンはいかにも親しみのこもった目で、ルシファーを見つめた。

しかし、ルシファーの態度は懐疑的であった。

「サタンよ。君の言う通り、この世界は確かに僕等が望んだそれとは、違うものになっているかもしれない。原初の混沌《カオス》を抜け出ていないのも事実だ。なぜこんな世界になっているのか——主のお考えはさっぱり分からないが——それでも僕等は天使だ。たとえ不可解な世界であっても、それを守護するのが役割だ。そもそも、この世界を滅ぼすのは、神に対する反逆を意味しているのだぜ？　君にそんな大それた真似ができるとは思えないが」

「いいや、できるとも」

サタンは平然と答えた。

「神だけじゃない。このサタンは全てに反逆しているのだ——。君にだからこそ正直に言うんだがね。ルシファー。実は僕はもうすっかり信仰を失ってしまっているんだよ。僕は何も信じていないし、誰に従うつもりもない。君はまだこの世界に何かしらの希望なぞを持っているから、そうやって苦しんでいるのだ。しかし、僕には、はっきりと、分かっているんだよ。この世界には最初から何の救いもないのだと。絶望。そう、ただ、絶望だけが、このサタンの唯一の心の拠り所であり、僕を反逆へと駆り立てる暗い情熱ともなっているのだ」

ルシファーは、そう言われると、黙ってしまった。

「まあ」サタンは言った。

「焦らなくてもいいさ。僕は君とこの世界の事について、もっと話をしたいのだ」

サタンは、そうしてニヤリと笑った。彼はルシファーが確実に動揺している事を、見て取ったのである。

4

サタンは、その後も、ルシファーを誘惑し続けた。

彼は翌日も、翌々日も、苦悩するルシファーのもとを訪れては、ひそひそと彼の耳元に何事か吹き込み続けたのである。

「ルシファー。反逆しろ」サタンは、よくそう言った。

「僕等は反逆するために、生まれてきたのだ。ルシファー。奴隷になるためではない。神であれ、何であれ、僕等は屈従をよしとしない。君は『何も分からない』と言い、『何も信じられない』と言う。それでいいじゃないか。むしろ、すべてに愛想をつかして、そのまま居直ってしまうがいい。神も救済も戒律も何もかもを拒絶してしまえ。すべてに反逆して、こんなふざけた世界はぶっ壊してしまえ。君の内なる生命は、君にそう命じていやしないか？」

そんなサタンの話ぶりには、聞き手の心を狂わせる妙な力があった。彼は他人の心の迷いにつけこむことに長けていて、その狡猾な話術で、ルシファーの絶望をさらに深めたり、その不信を煽ったりすることに巧みなのであった。

ルシファーは、はじめサタンの言葉を、うさん臭く思っていた。しかし、彼の話を聞いているうちに、どうしたわけか、だんだん妖しい気持ちになってしまうのであった。彼の心はサタンに翻弄されるがままに混乱し、サタンに何か言われるたびに、救いようのない気分になったり、憂鬱な気分になったりした。そうしていくうち、しまいにサタンの術中に嵌っていった。

かくして、一人で陰気な顔をしていたルシファーも、数ヶ月と経たないうちに、サタンの狂気に取り憑かれたかのように人が変わってしまった。彼は不遜な態度を取るようになり、法も規則も無視して、自分勝手な振る舞いをし始めたのである。彼はある時は、平気で嘘をついて天使を騙したり、ある時は他人のものを盗んだり、またある時は、サタンと共謀して放火したりした。

天使たちは、そんなルシファーを非難したが、ルシファーの暴力は、だんだん凄みを増していき、誰にも止めることはできなくなっていった。

「天使たちよ。何も信じるな。何にも従うな。神の庇護を脱し、自らの自由意志に従って生きるのだ。このルシファーがそうしたように。お前たちもそうするがいい。俺と同じ絶望をお前たちにも教えてやる」

ルシファーは脅える天使たちに、よくそう言った。その様子はとても天使とは思えなかった。まるで悪霊か何かに取り憑かれた狂人のようであった。

5

かくして不条理な病に蝕まれたルシファーの憂鬱と絶望は、暴力の形となって、この世界を恐怖と混乱に陥れた。ルシファーの絶望——その自暴自棄的な暴力は、歯止めがなく、やりたい放題に、この世界を荒らし回った。

また、そんなルシファーの暗い情熱は、他の者たちにも伝染していった。天使のなかには、ルシファーの考えに影響され、彼の真似をする者たちも現れ始めた。嘘をつく天使。ものを盗む天使。乱暴な振る舞いをする天使。天国にそんな者たちが増えてくるにつれ、この世界の秩序も少しずつおかしくなっていった。

そんなわけで、天国はいつしか楽園のような場所ではなく、喧嘩や訴訟の絶えない不穏な世界になっていった。天使長たちはルシファーとサタンを何とかしなければ、この世界はやがて滅びてしまうかもしれないと思った。しかし、天界でも屈指の武勇を誇るルシファーを前にすると、彼等の腰は重くなった。世界全体を巻き込んで展開されていくルシファーの暴力は誰にも止めることはできなかった。

そうして、一年経ち、二年も経ったある日――恐れていたことが起きた。ルシファーは、その狂気じみた暴力沙汰から、とうとうあの天国をも揺るがす、恐るべき大罪を犯してしまうのである……。

第三章　太　陽

1

今日、太古の昔と変わらない大空に、太陽が走っている姿を、我々は見ることができる。太陽は世界のはじまりから六日目に誕生したといわれ、四頭の馬に繋がれた光り輝く馬車の姿をしているという。それは原初の昔から一日も休むことなく、ただ、えんえんと同じ速度で回り続け、そうして今日もなお燦々として、天上に輝いている。

日輪の馬車は、オルラという天使によって運転されている。もっとも、彼は位の高い識《せ》天使《ラフ》でもなければ、知恵や力のある天使でもない。むしろ、とても愚鈍で、非力な天使であった。なにしろ、オルラはこの世界のことについて、何も知らないのであった。まったくの無知で、苦しいことも、悲しいことも、何も知らない。そんな白痴の天使がオルラなのであった。

しかし、オルラは太陽を運行するにおいて、一日たりともその運転を誤ったことはなかった。彼には勤勉なところがあって、言われた事は——たとえどんなに単調なことでも——愚直なまでにやり続けるところがあった。その勤勉さをミカエルに見込まれて、太陽の馬車を任されているという事情もあった。

ところが、天地開闢以来、この太陽がたった一日だけ、異常な運動をしたことがある。それはルシファーとサタンの犯した罪のなかで、もっとも恐ろしいとされる悪行であった。これから語るのは、太古の昔に起こったそんな災厄についてのお話である。

2

その日は、いつもと変わらぬ朝となる筈であった。

天国はうっすらと霧がかかって、東の空から昇る太陽を待ちわびていた。気の早いフクロウは、もうポーポーと鳴いていたし、雀たちはちゅんちゅんと楽しげに飛び回っていた。そんなある日の未明。オルラがいつものように、燦然と光り輝く日輪の車に、馬を繋いで出発の準備をしていると、ルシファーとサタンが、やって来たのである。

「おい、間抜け野郎」ルシファーは言った。

「お前のような奴が、いつもこのルシファーの頭上を飛んでいるとは僭越である。毎日、お前に上から見下ろされていると思うと、俺は無性に腹が立つのだ。そんなわけで、今日から太陽は、この俺がいただいた。お前はもうお役御免だ。どこへなりとも行ってしまえ」

オルラはびっくりした。これまでそんな要求をされた事は一度もなかったからである。

「それは無理ですよ。太陽は全ての生き物の生命の源なのです。簡単に他人の手に渡すわけには、いきません。それにこの馬車は僕以外の天使が操ってはいけないという法が、あるじゃないですか？」

ルシファーはむっとした。

「法だの、規則だの、そんな事は俺の知ったことではない。俺たちはただ太陽が欲しくなったのだ。よこせ」

可哀想なオルラは、叱られた子供が言い訳をするように、勇気を振り絞って言葉を続けた。

「無茶ですよ。この馬車は普通のそれとは違うのですから。この馬車は一日中、同じ速度で、同じ道を、ただ、えんえんと走らせなくてはいけないのです。普通の天使には無理なんです。かつてミカエルさんが乗った時は、半日と持ちませんでした。あまりにも単調な作業で気が狂いそうになったそうです。ミカエルさんは、その時『この馬車は何も考えないバカにしか運転できない……』と仰って、車の全てを僕に任せてくださったのです」

しかし、ルシファーとサタンは強情であった。不可能だと言われると、是が非でもやってみたい。思い上がったルシファーとサタンの怒気が、むくむくと頭をもたげてくる。

「それなら、オルラよ。お前はお前が毎日やっているようなことが、このルシファーにはできないと言いたいのか？」

オルラは、恐ろしいやら、悲しいやらで、すっかり混乱してしまった。彼はただうつむきながら、もじもじするばかりである。

そんなオルラの態度に腹を立てたルシファーは、彼の首根っこをつかむと、そのまま道端に放り投げた。

「もうよい。ならば無理矢理にでもいただくまでだ。今日からこの馬車は、俺たちのものだ！」

そうして、サタンと共にその見事に光り輝く金色の馬車に飛び乗った。

「さあ、太陽！　お前、生命の源なるもの――万物の霊力を宿せしものよ！　今日からお前は我が意志に従うのだ。それ行くぞ。イーエッ、サーッ！」

かくして、ルシファーとサタンは出発した。もっとも、それは彼等にとって、いつものイタズラのつもりであった。しかし、それが破滅への旅立ちになろうとは、この時の彼等には知るよしもなかったのである。

3

まんまと太陽を盗み取ったルシファーとサタンは、その後、オルラに懐いた四頭の馬たちに鞭を当てると、颯爽と東の地平から空へと飛び出した。

馬たちは猛烈な勢いで走り出した。翼にのって飛翔する馬たちは、ぐんぐん加速し、邪魔な雲をかき分け、かき分け、たちまちのうちに風の流れにのっていった。

それは最初、とても順調で、ルシファーとサタンも大いに満足しながら運転していた。しかし、一方の馬たちは、どこかイライラしている様子であった。彼等はしばしば首をぶるぶる振ったり、嫌がって口から灼熱の炎を、そこら中に吐いたりした。

言うことをきかない馬たちに対して、馭者のルシファーは、さらに鞭を当てたり、手綱を引いたりしたが、馬たちは、そんなふうに乱暴に扱われれば扱われるほど、ますます嫌がって、ぶるぶると首を振る。

「おうおう。どうした？　我が意志に従わぬか？」

そう言って、ルシファーがなおも乱暴に馬を扱うと、一刻も経たないうちに、馬たちはそんなルシファーの運転に機嫌を損ねてしまった。彼等は前に進むかと思うと、また後ろに下がったり、まっすぐ進むかと思うと、首を振って立ち止まる、といった具合に、しだいに暴走し始め、踏みなれた道を離れはじめていくようになったのである。

ルシファーは、もちろんその度に慌てて元の道に引き戻した。しかし、制止すればするほど、馬たちの機嫌は悪くなるばかりである。そんなふうにして太陽はぐらぐらと不安定に走りはじめた。このときはじめて空気は熱くなり、天上の雲には火がついて、煙がもくもくと立ち込めた。

「ええい。なんと気性の荒い馬か！」

ルシファーは苛立ちながら、必死になって馬を御そうとしたが、そんなルシファーの指示を無視して、馬車は次第に凄まじいスピードで、上天に差し掛かっていった。天の頂から、はるか下にひろがる大地を見ると、すでに田園は小さく、天使たちの群れは豆粒のように見えている。ルシファーはそんな光景に青ざめ、くらくらとめまいがした。

もっとも、そんなルシファーの様子を、サタンだけは面白がって見ていた。

「あっはっは、ルシファー。危なっかしい運転ではないか。気をつけよ。気をつけよ」

サタンの高笑いは、ふらふらと奇怪に動き回る太陽と共に、不気味に世界中にとどろいたという。それはこれから起こる惨劇の予兆のようでもあった。

4

それから、一刻経ち、二刻も経ったが、馬車は相変わらず静まるどころか、いよいよその無軌道ぶりに激しさを増していく一方であった。

馬車はすでに跳ね馬のように、荒れ狂っていた。それはある時はジグザグに走り、またある時は一直線に逆走する。さらには、高い空にちりばめられた星に激突したり、かと思うと、突如あらぬ方向へと突進したりする。天高く上昇したかと思えば、地上すれすれまで猛スピードで駆け下りる。

そんなわけで雲はぶすぶすと燃え上がり、高い山脈のことごとくは裂けて割れ目を作った。海はあまりの熱さで、溶岩のようにぶくぶくと沸騰し、天国のいたるところが、灼熱と煙とにまかれた。

このとき、ルシファーは、空も、大地も、四方八方で、燃え上がるのを見た。はるか下界を見下ろすと、森が燃え、家が燃え、集落が燃えている。多くの天使たちが逃げ惑い、大変な騒ぎになっている。

ルシファーは、ようやく事の重大さに気づき始めた。

「これは大変なことになった……」

すでに気が動転していたルシファーは、必死になって、馬車を押さえつけた。しかし、力で押さえつけようとするほど、この馬たちは凶暴になる。そんなわけで、彼等を乗せた馬車は、ほとんど制御することができないまま、世界中を火の海にしつつ、走り続けたのである。

まさに太陽は、この時ばかりは、まるで「絶望」の象徴のように、天に君臨したのである。

あたり一面が強烈な光に包まれるなか、遠近に悲鳴がこだまし、ひたすら逃げ惑う天使、体に火がついて燃えている天使、光で目が潰れてしまう天使などが、もだえ苦しみ、その様子はまるで、この世の終わりかと思われた。

そんななか、ルシファーは、いつのまにか、馬車にしがみついているのが、やっとの状態になっていた。馬たちが跳ね上がるたびに、彼は天と地がひっくりかえったり、車から投げ出されそうになったりして、何度も心臓がつぶれるような思いをした。もはやどこを走っているのか、分からない。どれくらい走ったのかも、分からない。ただ強烈な光とスピードに包まれて、ルシファーは気を失いそうになるのを、必死にこらえる事くらいしかできなかった。

(ああ、なんという恐ろしい暴力だろう……。このルシファーが手も足も出ないとは……。自分はこのまま死ぬのだろうか？　ええい。死ぬなら、死んでしまえ！　もうどうにでも、なってしまえ！)

そのときである。馬車は——何かにぶつかったのか——がんっと大きく揺らいだ。そうして、その拍子に車から投げ出された彼等は、そのまま、まっさかさまに暗闇のなかに墜落していった。

5

さて、ルシファーの駆る太陽が、暴走して世界中を大混乱に陥れていた頃——一方のオリンポス山では、ミカエルをはじめ、ウリエル、ラファエル、ガブリエルといった大天使を中心に様々な天使の長が集まっていた。

彼等はルシファーとサタンの度重なる悪行に、すっかり腹を立てていた。そうして、これまでルシファーとサタンを放っておいた事を、いたく反省するとともに、今度ばかりは彼等に厳罰を与えると固く誓った。

「しかし、その前にだ」

ウリエルが口を開いた。

「今の差し迫った現状を何とかしなければ、この世界は滅びてしまうだろう。どうする？」

「それについては問題ない。自分に考えがある」

ミカエルは落ち着いて、そう答えた。

「考えとは何か？」

ミカエルは決意したように言った。

「アストラを使うのだ」

天使長たちは、どよめいた。アストラというのは、今の時代でいう戦車のような形をした兵器である。その力は強大で、この世界を一撃で滅ぼす事ができるとも言われ、別名「神の怒り」と呼ばれていた。それゆえ、よほどの事がない限り、天国でも使用を禁止されていた兵器である。

「しかし、そんなことをしたらこの世から太陽がなくなってしまうぞ？」

「馬は狙わず、車の部分だけ撃ち抜くのだ。そして、その勢いで馬も一緒に吹き飛ばせばいい。問題ない」

「ならば、もはやアストラに頼る以外にあるまい」

天使長たちの見解も一致した。

そうと決まると、天使たちの行動は早かった。彼等は大急ぎで、巨大なアストラをオリンポス山の頂上に置くと、そこから怒り狂う太陽を狙撃したのである。ごうっという天地も震えるほどの不気味な爆音が轟くと、目が潰れるような稲妻が発射された。

それは、あっという間の出来事であった。

たちまちあたり一面は暗い闇に包まれ、しんっと静まり返った。アストラの放った神の怒りは、太陽を一瞬にして西の地平まで射落としたのである。

かくして、天国を騒がせた太陽の暴走は、ようやく終息した。この事件は全世界の三分の一を燃やしたと言われている。この出来事によって、多くの天使たちの尊い血が流されたのであった。

第四章　失楽園

1

太陽は西の空に没したが、あたり一面はいまだ火の海で、静寂に包まれていた。

暗闇のなかに炎はあかあかと燃え、そこにルシファーとサタンが、ミカエルをはじめとする十二の天使長の前に召し出されていた。ルシファーの目は燃えさかる火のように、ギラギラと光っている。

「ルシファー。そしてサタンよ。お前たちは、何ゆえ、こたびのような凶行に及んだのか。また、何ゆえ、これまで反抗的な行いをしたのか。世界の創世に多大な貢献をしてきたお前たちだが、返答いかんでは今度という今度は、もう許さないぞ。言葉を選んで慎重に答えるがいい」

ミカエルは威厳に満ちた目で、そう問うた。しかし、傲慢なルシファーは居並ぶ天使長を前にして、不敵な態度を崩さなかった。

「ふん。俺の反逆に理由などあろう筈がないじゃないか。俺は、ただ、この世界のすべてに失望してしまったのだ。何もかもを、滅茶苦茶にぶっ壊してやりたくなったのだ。お前たちには、そんな気持ちは分かるまい。しかし、俺の内にある何かは、いつも自由を求めているのだ。俺は秩序やら法やらが自分を束縛するなら、それを壊したくなり、神が自分を束縛するなら、それを壊したくなり、ましてや自分自身が束縛するなら、そんな自分をも壊してしまいたくなるのだ。俺はただそんな衝動に従ったまでだ」

ルシファーの言葉を聴くと、ミカエルは残念そうに目を落とした。

「サタンよ。お前もやはり同じような考えなのか？」

「当然である。自分とルシファーは一心同体なのだから。僕等は様々な理由から、この世界はもはや救いようがないと判断したのだ。そして僕等が出した結論は、ただ一つ。すなわち、世界の再創造である。この世界はどうあっても、今一度、作り直さねばならない。それが成就されるまで、僕等の生の苦悩は、やむことがないのだから」

天使長たちは頭を振った。

「お前たちよ。そういう考え方は傲慢というものだ」

そういうと、ミカエルはこの二柱の天使を説得しにかかった。

2

「ルシファー。そしてサタンよ。君たちは、まだ若い。若いうちは血気にはやって、とかく結論を急ぐものだ。しかし、焦ってはいけない。自棄を起こしてもいけない。ただ辛抱強く精進を重ねることが大切だ。

君たちは、この世界を創世したときのことを、覚えているかい？　あの当時、世界を作るというのは、本当に絶望的な試みであった。なにせ我々天使が何度作り直しても、そのたびに悪魔たちがやってきて、この世界をめちゃくちゃに壊してしまうのだから。我々はしかし、神の御力を信じて、諦めずに、何度も、何度も、不可能に挑戦し続けたのであった。そうして、ある日、ふとした偶然から、この世界は誕生したのであった。

もちろん、そうして出来上がった世界は、我々がはじめ考えていたそれとは、違うものになってしまったかもしれない。お前たちの言う通り、この世界は、幻（マーヤ）の霧で覆われ、いまだ原初の混沌《カオス》を脱していないともいえる。しかし、我々は辛抱に辛抱を重ねて、地上に生きる一つ一つの魂を、根気よく天国へと導いている。天地創世の事業はいまなお途上にあるのだ。

お前たちよ。この世界が失敗作であるなどと、どうか考えないで欲しい。なにせ、たった一つの魂を救うのにすら、一万年もかかるのだ。そうして、我々は星の数ほど存在するこの世の魂のすべてを救おうとしているんじゃないか。この世界が完成する日は、いつか必ずやってくる。どれくらい時間がかかるか、それは分からないが、いつか地上にはびこる幻（マーヤ）の霧が晴れる日は確実にやってくるのだ。

ルシファー。そしてサタンよ。その日が到来するまで、決して信仰を失ってはいけない。法の真理を離れると、生命は幻（マーヤ）に誑かされ、存在は虚仮《こけ》に堕する。今の世界のあり方は、決して間違っていない。かつての信仰を思い出してくれ」

そんなミカエルの説教は数日におよんだ。その口調は厳しさのなかに慈愛があり、その話には真実の響きがこもっていた。

しかし、ルシファーは反抗的な態度を改めなかった。

「お前は嘘をついている！　お前は嘘をついている！　この世界が完成する日は来ない。永久にだ。お前たちは天国の宮殿などという世離れした場所で、ぬくぬくと生活していやがるから、この世界の残酷な現実が分かっていないのだ」

「ルシファー。現実よりも真実を見なさい。何も信じられないのは、君が信仰を失って、幻（マーヤ）の虜となってしまっているからではないか？」

「貴様！　このルシファーが、幻（マーヤ）に誑かされているだと？」

そんなふうにして、ミカエルの説得は、えんえんと続いたが、両者の意見は平行線を辿り続けるばかりであった。

3

やがて、これ以上の議論は無意味だと判断した天使長たちは、長い相談の後、ルシファーとサタンに向かって、こう言った。

「ルシファー。ならびにサタン。お前たちは、どうあっても、自分たちの非を認めるつもりはないか？」

「当然だ」

「よろしい。それならば、ここにいる天使長たちとの合議の結果、お前たちは残念ながら今日限り破門にしなければならない。地獄でもどこへでも好きな場所に行くがよい。お前たちをこのまま天国においておくのは、あまりにも危険だからである」

それを聞いてルシファーは激昂した。

「なるほど。お前たちは改革を厭うか。そうして、変化を拒絶し、相変わらず欺瞞の世界に閉じこもろうというわけか！」

天使長たちはみな悲しい顔をした。ため息をつく者もあれば、眼をつぶる者もあった。また空を見上げる者もあった。

「ルシファー。間違いがあるなら、それは正さねばならぬ。しかし、お前たちの改革には未来がみえぬ。お前たちの情熱は変革に対するそれではなく、危険すぎる破壊衝動なのだ。何度も言う。この世界の秩序は間違っていない。それが分からぬなら去れ」

ルシファーは怒鳴りつけた。

「それならば出て行ってやろう！　しかし、お前たちよ。よく覚えておけ。俺は今日という日の屈辱を、絶対に忘れないぞ。そして、いつかまた、この天国に必ず帰ってくる。そうして、お前たちを全て抹殺したら、俺は俺の求める新しい秩序を、必ずやこの世界に打ち立ててみせるからな」

そう言って、ルシファーはぺっと唾を吐くと、大地を蹴って、そのままサタンと共に天界を去っていった……。

天地創世が終わって、まだ間もない。世界が初々しく輝いていたころ――。

それまで、平和そのものであった天国に反逆する天使が二柱、ここにはじめて生まれてしまった。まだ誕生したばかりの新しい世界――若い天使たちが皆、この世に大きな期待と不安を抱いていた頃だった。天国を飛び出していったルシファーとサタンの姿を、彼等はどんな気持ちで眺めたことだろう……。

最後に、その後の話を少ししておこう。この後、ルシファーはサタンと共に悪魔の軍勢を率いて、天使たちと大戦争を引き起こしたと言われている。それはこの世界が滅びるほどの大きな戦争であったらしい。地の底にあった幾多の禍《まが》つ悪魔の頭領たちを率いたルシファーは、イナゴの群れのような無数の化け物と共に、この世の全てを暗黒の内に滅し去ろうとした。多くの天使と悪魔の軍勢が入り乱れる激しい戦争は、一万年にも及んだという。

もっとも、多くの尊い御魂が犠牲となるなか、さしものルシファーも、ついに敗北し、恐ろしい悪魔たちと共に暗い地獄の底の底まで逃げていった。しかし、退却のさなか、ルシファーは、悪魔たちの力を使って、この世界に恐ろしい呪いをかけたそうである。それは、ミカエルをはじめとする天使たちの『祝福』を受けた全ての生き物に、等しく自分と同じ『呪い』がかかるようにする、というものだったらしい。

そんなわけで、ルシファーは今も、暗い地獄の底の底から、地上に生ける全ての者たちに、「絶望しろ……」「破壊しろ……」と呼びかけ続けているという事である。それで僕たち人間も、ルシファーの『呪い』と、ミカエルの『導き』の間で引き裂かれ、今も葛藤しながら、生き続けている、という事だ。

悲しみのルシフェルス

【登場人物】

ルシフェルス　天使と悪魔の子供。父親を捜している。
ルシファー　堕天使。悪魔の総帥。
ミカエル　四大天使長の長。
サタン　堕天使。現在はルシファーと共に悪魔の軍勢を率いている。
ベリアル　堕天使。現在はルシファーと共に悪魔の軍勢を率いている。
オルラ　天使。天国でのルシフェルスの世話役。
アウラ　堕天使。ルシファーの愛人。
ウリエル　四大天使長。
ガブリエル　四大天使長。
ラファエル　四大天使長。
エリーゼ　天使長。
カシエル　天使長。
パワー　下級天使。
ハドレアヌス　下級天使。

フクロウ　　ルシフェルスの子守。
老婆　　アウラの召使い。
悪魔の子供　　ルシフェルスをイジメる子供、四、五名。
天使（多数）　　庶民、側近、伝令、兵士など。
悪魔（多数）　　側近、伝令、兵士など。

第一幕

第一場

（天国の田舎村。牧歌的な風景。天使たちが話している）

天使1「この頃、何かと天国が騒がしいと思わないかい？」

天使2「その通りよ。毎日のように、たくさんの上位天使たちが、慌ただしく宮殿から出たり入ったり。オイラは、なんだかざわざわと胸騒ぎがしているよ。いったい、これから何が始まるっていうんだい？」

（通りすがりの天使が話を聞く）

天使3「なんだい？　お前たちは知らないのかい？　そろそろ戦争が始まるって噂だぜ？」

天使1「戦争？　本当かい？」

天使2「嘘じゃなくて？」

天使3「本当だとも嘘じゃなくて」

天使1「しかしだよ。こんな平穏な天国にだよ。いったい、どんな馬鹿者が戦争なんか仕掛けるというのだい？」
天使3「ルシファーだよ？」
天使1「ルシファー？」
天使2「ルシファーって……。あのルシファー？」
天使3「そうだよ。あのルシファーだよ。あの、天使長の、あの、ルシファー様」
天使1「嘘だい。オイラの知る限り、天使長のルシファー様は、それはそれは慈悲深い立派な大天使様だったよ。オイラがかつてお目にかかった時は、背中にキラキラと後光が差していて、天使というより、もう、まるで、神様じゃないかって、いうくらい、神々しく光り輝いていらしたよ。慈愛にかけても、武勇においても、あんな立派な天使は、またといらっしゃるまい。心底尊敬できる天使長様だよ。決して無意味な争いなどしない方だよ」
天使3「いや。それがよ。オイラも、詳しいことは、よく分かんねんだけどよ。なんか、神様とケンカしちゃったらしいんだよ」
天使2「ええ？　神様と？」
天使3「そう。ルシファーは、『この世界は狂っている』『真理は覆い隠され、この世が愛の法則によって、正しく運行しているとは思われない』と、そう、神様へご注進に及んだそうな」
天使1「そしたら、どうなったの?」
天使3「そりゃあ、神様はひどく不機嫌になったそうだよ。でも、ルシファーも元より英雄の器であったから、神様を前にしても臆する事なく、この世界の秩序を修正するよう迫ったそうな」
天使1「そしたら、どうなったの?」
天使3「神様はひどくお怒りになって、ルシファーに罰を与えたそうだ」
天使2「罰とは、また穏やかじゃないな」
天使1「神様の罰とは、一体どんなんだい?」
天使3「いや、それがね。噂に聞いた話では、ルシファーは、『生きることもできず、死ぬこともできず、狂うこともできず、ただ、永遠に虚無の世界を漂い続けろ』という、そんな呪いのような罰を、神様に与えられたそうだ」
天使1「誰から聞いたんだい?」
天使3「ただの噂だよ。本当の話かどうかすら、分からない」
天使2「本当なら、恐ろしい話だね」
天使3「そうなんだよ。ただ、その話が本当かは分からないけど、ルシファーの頭が、なんか、ちょっと、こう、おかしくなっちゃったのは、事実らしいんだ。やたらに、絶望や破滅を賛美したりするようになってね。しまいには、『こんな世界は、滅ぼせ。我々の手で、新しい世界秩序を再建しよう』とか、言い始めたんだそうな。そしたら、そんなルシファーの主張に同調する天使たちも、現れ始めて、天国で大勢力になったらしい」
天使1「それはカテドラル地方での出来事かい？」
天使3「そうだよ」
天使1「天国の中枢がそんな事になっていたなんて。こんな田舎じゃ何も分からなかったよ。オイラたちは、なんてのんびり生きていたんだ」
天使2「で、それが今回の戦争のきっかけかい？」
天使3「いやいや、まだ先があるんだ。ルシファーは手勢を率いて、そのまま大天使長のミカエル様まで説得しに、押し寄せたらしいのだが、逆にミカエル様の逆鱗にふれて、破門を言い渡されたそうだ。で、そのまま手勢と共に堕天したそうなんだ」
天使1「じゃあ、あのルシファー様は、今は天国にはいらっしゃらないの？」
天使3「そう。とっくの昔に勘当されたよ。もうとうに天使長ではない。地獄の悪魔たちの恐ろしい頭領になっているよ。今頃、地獄の底に封印されている化け物をかたっぱしから解放したり、悪魔たちを家来にしたりして、天使たちとの戦の準備をしているよ。それで戦争になるってわけだ」
天使2「じゃあ、ルシファーは、悪魔たちの力を使って、この世界に新しい秩序を打ち立てるつもり、というわけかい？」
天使1「突然の事で、オイラは俄に信じられないよ」
天使2「とんでもない事って、ある日、突然起こるもんなんだな」

第二場

（天国の首都カテドラル。ここでも天使たちが戦争の噂をしている）
天使1「聞いたか。伝令が来た。ルシファーが戦争の準備をしているそうだ。戦争するなら、ここが最終防衛線になるな」
天使2「聞いたとも。まさか、あのルシファーが、悪魔側の頭領になって、我々と戦うことになるなんて、夢にも思わなかったよ」
天使3「うむ。僕もだ」
天使1「聞いた話じゃ、悪魔側の兵力は、我々の数倍にのぼるらしいぜ」
天使3「うむ。地獄は宇宙のように広いというからね。無数の悪霊たちが、雪崩をうったように、天国を呑みつくそうとしているんだ。武者震いが止まらんね」
天使２「これまでにない大きな戦争になりそうだね」
天使４「まあ、ミカエル様が話し合いで解決するかもしれない」
天使１「お前さんは呑気だね。ルシファーは明確に敵意を示している。もうそんな次元の話ではないよ」
天使４「それにしても、この世界の秩序は、何か狂ってきたんじゃないか？」
天使１「狂っているんじゃない。狂わされてきているんだ。ルシファーがこの世界の秩序を壊そうとしているんだ」
天使４「でも、僕は、なんというか、今回の戦争に、悪い雰囲気を感じているよ」
天使３「どうゆう事？」
天使４「相手が、ただの悪魔なら、何の葛藤もないんだけどね。なんであのルシファーが敵なのさ？　なんであんなに立派な方と戦争しなきゃならんのさ？　君。ルシファーとは、いったい何だい？　なぜ神様は、あんな立派な天使に、呪いをおかけになったんだい？　そもそも、ルシファーは本当に『悪』なのかい？　倒すべき『敵』なのかい？　そう思うと、僕の心に迷いが生まれるのさ」
天使３「それは君、半分ルシファーの術中にはまっているよ。魔王ルシファーは、既に昔の天使長ルシファーではないという事さ。気をしっかり持て。今は僕等の信仰が試されている時と考えるべきなんじゃないかね？」
天使４「信仰とは何だい？」
天使３「神様を信じるという事だよ」
天使４「神様を信じるとは何だい？」
天使３「この世界を信じ、愛するという事だよ」
天使４「では、誰よりもこの世界を信じ、誰よりもこの世界を愛したルシファーは、何で神様に呪われて地獄に落とされたんだい？」
天使３「それは神様に、なにか深いお考えがあっての事に違いないよ。そこに疑いをもってはいけないよ」
天使４「でもよう……」
天使２「分かった。じゃあ、お前に分かるように、丁寧に教えてやる。ルシファーと、神様と、世界を深く理解していたのはどっちだい？」
天使４「そりゃあ、神様だよ」
天使２「ルシファーと、神様と、この世界を深く愛していたのはどっちだい？」
天使４「それも神様だよ」

天使2「神様と我々。ルシファーを深く愛していたのはどっちだい？」
天使4「神様だよ」
天使2「その神様が、ルシファーの考えを間違いだと判断し、ルシファーに罰を与えたのだ。我々には分からない、なにか深い事情がおありなんだよ。我々は自分の無知を正しく認識し受け入れなきゃならん。そうして、我々の小賢しい浅知恵は捨てて、神様の大いなる教えにしたがうことだよ」
天使4「それはそうなんだが。なんというか。ルシファーには、ルシファーの正義があるんじゃないかという気もするんだよ……」
天使1「やい。もう理屈で考えている暇はないぜ。見ろや。ミカエル様だ」
天使2「ああ、大天使様が、甲冑を身に纏っておられる。戦いの霊力が全身から漲っていて、まるで神様が憑いているかのようだ。見ただけで分かる。神様は僕等と共にあると……。不安も、迷いも、恐怖も、不思議と消えていくようだ。勇気と力が漲ってくるよ」
天使1「当たり前だ。我々天使は生き物の希望だ。その希望の頂点に君臨しているのが、ミカエル様だ。神様のご意志を正しく受け継いでおられる方だ」

（ミカエルと側近の会話）

側近「どうもルシファーが攻めてくるのは時間の問題のようですね」
ミカエル「まさか、あのルシファーが、悪魔の頭領になるとは、夢にも思わなかった」
側近「今はそんな事を言ってる場合じゃありませんよ。悪魔の軍勢は、日増しに増していくばかりです。ルシファーが戦の準備をしているのは明らかですから、私としては、そうですな。受け身に回らず、こちらから奇襲を仕掛けてみることを提案しますね」
ミカエル「いや、こちらもまだ戦の準備が整っていない」
側近「戦いながら、準備を整えていくという方法もあります。このままでは、彼我の戦略差は広がっていくばかりですよ」
ミカエル「いや、それでいい。ルシファーには、あえて準備させる時間を充分に与えようと思う」
側近「それはまた何故です？」
ミカエル「世界が誕生して以来、我々はずっと悪魔との戦いに明け暮れてきたが、悪魔というのは、各地に散在していてね。いくら退治しても、どこからともなく現れてきてキリがないのだ。これを根本から退治するためには、連中を一ヶ所に集めて一気に滅ぼすしかない。幸い悪魔を一ヶ所に集めるという難儀な作業を、今、ルシファーがやってくれている。それを逆手に取ろう。私は今回の戦争で、この世の悪を一掃するつもりだ。悪魔と決着をつける時だ」
側近「しかし、悪魔は数が多すぎます。全悪魔を相手にするとなると、いかに天使が集結したとしても、手に負えなくなるかもしれません」
ミカエル「彼我の兵力差は大きな問題ではない。数が多いといっても、悪魔は烏合の衆だ。連中は威嚇・威圧・恫喝・虚偽などの類いは得意だが、本当の意味での強さがない。信念がないからだ。悪魔は、飢え渇き、盲目的に暴力と殺戮と凌辱を繰り返す。しかし、我々には理知がある。理知の怒りこそ、神の怒りだ。烏合の衆をもって、我々天使の軍勢を攻め崩すことなど不可能だ」
側近「しかし、指揮をとっているのは、あのルシファーですぞ。加えてかつての天使たちも大勢います。過信は禁物ですぞ」
ミカエル「臆することはない。お前はまだ信仰が足りないようだね。神様を信じ切る事ができないから、そうやって不安になる。大丈夫。今回の戦いは我々の勝利で終わる。神様がそう言っておられる。全ては神様のお導きのままに」

第三場

（地獄におけるルシファーの宮殿。舞台下手がバルコニーになっており、舞台上手が寝室である。ルシファーは、寝室で愛人のアウラと一緒に寝ている）

声「王よ……。闇の王よ……」

ルシファー「誰だ。己を呼ぶのは……」

声「私はお前だ。お前は私だ。闇の王よ……。しかし、お前は本当に王なのか？　乞食のように飢え、罪人のように苦しんでいる……。お前のような、みじめな魂は見たことがない……」

ルシファー「王と乞食は同じものなのさ。この地獄の世界ではな」

声「さっきから、何を苦しんでいる。どんな病犬でも、お前のようなおぞましい呻き声は出さないだろう……」

ルシファー「苦しいから呻き声をあげたまでだ。苦痛も声にして出すと快感になるそうだ」

声「何でそんなに苦しんでいるのだ？」

ルシファー「何で苦しいのか？　それが分からないから、なお苦しいのだ。逆にこんな世界を平気で生きている奴は、なぜ苦しくない？　この世界は、どこを見ても嘘ばかりじゃないか。己は何も信じることができないし、どいつもこいつも嘘つきに見えてたまらない。いや、そういうこの己自身が、一番己を騙している嘘つきだ。嘘の中に嘘があり、その中にまた嘘があって、そしたら、さらにまた嘘があり……。ああ、この世は嘘の嘘の嘘の嘘の無限連鎖で連なっている。己は何が何だか意味が分からない」

声「それなら、お前は一体何がしたいのだ？」

ルシファー「こんなあやかしの世界は破壊して、己の理想に沿った新しい世界を創りたい。神に代わって」

声「思い上がった傲慢な堕天使め。そんなんだから神の罰を受けるのだ」

ルシファー「己はこんな世界を祝福する神を軽蔑している。神の憐れみなどいらない。神の憐れみほど、己にとって屈辱的なものはないからだ。己は神の救いなども求めない。救いのないということが、己にとってせめてもの救いだからだ。己は悪魔の軍勢を率いて、己の怒りと悲しみを、丸ごとこの世界にぶつけてやるんだ。反逆こそが己の魂だ」

声「しかし、お前では天使の軍勢に勝てないだろう」

ルシファー「確かに己の力では、天使には勝てないだろう。己は負けるかもしれない。しかし、この戦いは勝ち負けが問題というわけではないのだ。ただ、己はせめてあの『場所』に行きたい。あの『場所』に到着しさえすれば――。まあ、見ておれ。あの『場所』

に、この己が到着した時こそ、その時こそ、己が神に一撃を加えるその時だ」

声「いいだろう……。では、目覚めるがいい。闇の王よ。そして、存分に見せつけてやるがいい。お前の暴力と、お前の怒りと悲しみを」

第四場

（ルシファー。ベッドから起き上がると、そのまま舞台下手の城のバルコニーに出る。すぐに側近が近づいてくる）

側近「おはようございます。閣下。配下の者たちの軍備は、全て揃いました。ご覧ください。この荘厳な眺めを。地平線の向こうまで地獄の悪魔が勢ぞろいですぞ。稲妻を落とす者、火炎を吐く者、竜巻を吹く者……ありとあらゆる魔界の眷属たち、かつての天使たちが、大いなる混沌《カオス》となって閣下を待ちわびています――。これだけの魑魅魍魎を統率できるのは、閣下だけです。さあ、何もかも滅ぼしに行きましょう」

ルシファー「（苦笑を浮かべながら）いつ見ても、おぞましき軍勢だな。呪われた己の魂の絵姿に相応しい」

（ルシファー。悪魔の軍勢に対して片手をあげると、周囲は静まり返る。ルシファー。舞台下手のバル

（コニーで演説を始める）

ルシファー「諸君。とうとう戦いの時は来たようだ。宣戦布告するにあたり、まずは我等の正義を確認しよう。我等の戦いの義はどこにあるか。それは君らの出自にある。悪魔とは何か。まずは、その話から始めよう。

諸君も知っての通り、私、ルシファーは、かつてやんごとなき識天使《セラフ》の一柱として、この世界の創造にも携わった者である。原初の昔、この宇宙は、大いなる混沌と狂気とに満ちていた。そこでは、何もかもが混乱していて、大変な錯乱の極みにあった。天使たちは、そんな世界を憂いた。そうして、この世界に秩序と調和を齎そうと、空間の法則、方位の法則、四元素の法則など——実に夥しい数の法を、この世界に創造したのであった。しかし、天使たちは、直ちに困難に直面した。というのも、宇宙の混沌たるエレメントのなかには、天使たちが定めた法則のなかに収まりきらない余剰があったのである。天使たちは、そうした余剰を秩序の外に除外した。そうして法の秩序から除外された者たちこそ、君たち——そう悪魔にほかならない。天使は君たちの存在を持て余した結果、諸君等をこの大地の底にある暗い地獄に封じ込めた——。それが、この世界の成り立ちの秘密であり、地獄の誕生秘話である。

結果、悪魔たちは、地獄以外の居場所を失う事になった。そうして、天使たちの作った世界の秩序に相応しくない者として、排除され続けることになったのである。

諸君。我々の住む地獄は大地《ガイア》によって覆い包まれている。大地《ガイア》は、いつも血と殺戮に飢えている。そして、そんな大地《ガイア》は、弱肉強食の正義を、我々に伝えている。

だから私は言っておく。

弱者に同情するな。己の偉大さを失うからだ。

敗者は直ちに殺せ。哀れみは迷いを生むからだ。

非情に徹しきれない臆病を恥じよ。

お前たち。殺したいだけ殺せ。奪いたいだけ奪え。犯したいだけ犯せ。

そして、母・大地《ガイア》の上に、多くの天使どもの血と生贄を捧げよ！」

悪魔「万歳！　ルシファー万歳！」

悪魔「そうだ。天使どもは八つ裂きにして、大地に埋めてやれ！」

（悪魔たちの地鳴りのするような多くの歓声）

ルシファー「諸君。我々は宇宙という暗黒から生まれた。闇の力を信じよ」

悪魔「万歳！　ルシファー万歳！」

側近「（感動したように）閣下。それでは……」

ルシファー「そうだ。これより天使たちに宣戦を布告する」

側近「おお、ついに！」
ルシファー「第一師団！」
軍勢「おう！」
ルシファー「北方のデ・パダ山の中腹に布陣せよ」
（悪魔たちの鬨の声と腰の剣を抜く音、羽ばたきの音が響きわたる）
ルシファー「第二師団！」
軍勢「おう！」
ルシファー「ガナヤ砦の敵に奇襲をかけた後、第一師団横に布陣せよ」
（悪魔たちの鬨の声と腰の剣を抜く音、羽ばたきの音が響きわたる）
ルシファー「第三師団！」
軍勢「おう！」
ルシファー「レーヌ地域一帯の天使たちを殲滅した後、その場に布陣せよ」
（悪魔たちの鬨の声と腰の剣を抜く音、羽ばたきの音が響きわたる）
ルシファー「第四師団！」

第五場

（ルシファー、側近に号令をかけている最中、舞台上手のルシファーのベッドで、若くて美しいルシファーの愛人アウラが、老婆を相手に話している）

アウラ「閣下……」

老婆「アウラ様。おいたわし……」

アウラ「今回の戦。私、悪い予感がするの……。閣下は生き急いでいる気がするの……。きっとルシファー様は、この戦で死ぬつもりなんだわ」

老婆「賽は投げられました。後ろ向きの発言は士気に関わります。ご遠慮なさいませ」

アウラ「婆や。私、思うの。もし、あの御子が生きていたら、こういう戦は起こらなかったんじゃないかしら」

老婆「確かにあの御子様は、この地獄の世界で、ルシファー様が見出したたった一つの希望だったと思いますよ。しかし、もう死んでしまわれた」

アウラ「閣下の生きる希望も、あの子と一緒に死んだんだわ。神は、よほど閣下の事が嫌いらしいわね。ああ、私がこの世で殺したいほど、憎たらしいのは神よ……（うなだれる）」

第二幕

数ヶ月後――。

第一場

（背景特になし。天使たちが話している）

天使1「よう。戦争が始まってからよう、もう二、三ヶ月にもなろうってのによう。どうも旗色が良くないな」

天使2「まったくだ。初戦で手痛い敗戦を喫したからな。以後、連戦連敗。もはや戦っているのか。逃げているのか。逃げているのか。戦っているのか」

天使3「初戦といっても、あんなの一方的な騙し討ちみたいなものじゃないか。悪魔たちは、宣戦布告とほぼ同じタイミングで、レーヌ地域一帯を制圧。あの地方を足掛かりに南下してきやがったんだぜ」

天使1「お前さんは、あの戦いの時、どこにいた？」
天使3「僕かい？　僕はまさにそのレーヌ地域にいたよ」
天使2「激戦区じゃないか？」
天使3「そうだ。その日はいつもと変わらない平和な一日になる筈だった。僕もいつものように羊飼いの仕事をしていたのさ——。そうしたら、遠くの方から黒い雨雲のようなものが突如湧いてくるじゃないか。周囲から『悪魔だ！　悪魔の大軍がやってきた！　逃げろ。逃げろ』という声が聞こえてきて、逃げてきた」
天使1「戦場は、どんなんだった？」
天使3「実に恐ろしいところだったよ。何しろ悪魔たちは、スピードが速くてね。その黒い雨雲のような軍勢は、あっという間に僕等を殺戮しに降下してきたのさ。遠近で悲鳴がこだまして、恐ろしい一方的な殺戮が始まった。斬られた腕が飛ぶ。首が飛ぶ。血がしぶく。掠奪が始まる。女たちは悪魔に犯される。子供たちは母の目の前で八つ裂きにされる。悪魔たちはしかし笑っているんだ。まったく狂っているよ。僕はその殺戮現場の合間をかいくぐりながら、どうにかこうにか逃げ延びてきた、というわけだ」
天使1「話を聞いているだけで、怒りと憎しみが湧いてくるね」
天使2「天使が憎しみにとらわれては駄目だ。それが戦争というものだよ」

天使1「僕は悪魔を相手にしても、無益な殺生をしたりはしない」
天使2「それでいい。僕等は僕等の戦い方をしよう」
天使3「神様は、こんなこと絶対に許さないよ。悪魔たちは、後悔する事になるだろう」
天使2「その通りだよ。主の導きに委ねよう」
天使1「そうだな。全ては主のお導きだと考えよう」

第二場

(背景特になし。別の天使たちが戦況の話をしている)
天使1「よう。今回の戦争。どうも我々に分が悪そうだな。今のところ、負け戦の話しか聞いていないぞ?」
天使2「カテドラルにいるミカエル様はじめ、幕僚の天使長様たちは、何をなさっているのか?」
天使3「懸命に対応しているみたいだが、悪魔たちが数にものをいわせて、すごい電撃戦を展開しているから、後手後手に回っているようだ」
天使2「あのミカエル様の知略をもってしても、この悪魔の暴力と勢いは止まらない、というわけか」
天使3「北方の要塞カドニスも、陥落したっていうぜ?」
天使2「冗談でもそんなこと言うない。あの難攻不落の要塞が敵の手に渡ってみろ。カテドラル攻略の絶好の足場にされちまう」
天使1「お、また敗残兵がやってきた」
（新たな天使が舞台袖より現れる）
天使4「えーい。みんなー。まったく酷い目にあった。死ぬかと思ったよう」
天使1「お前さんは?」
天使4「第十二師団アレス隊の者だよ」
天使3「アレス隊なら、カドニス方面を防衛している部隊じゃないか」
天使2「まさかカドニス陥落したの?」
天使4「陥落してなかったら、僕はここにいないよ」
天使3「アレス様は?」
天使4「討ち死にした」
天使1、2、3「そんなバカな!」
天使2「いったい、どうして?」

天使４「裏切りさ」
天使２「裏切り？」
天使３「詳しく聞かせてくれ」
天使４「いいとも――。といっても、僕も全部は分からないよ」
天使２「それで構わないよ。知っている範囲で教えてくれ」
天使４「カドニス攻防戦でね。アレス様はコンコンドルの一本道にルシファーの部隊を誘い込んで、これに奇襲攻撃をしようとしたのさ。あそこは細長い道で、大軍も細長く展開せざるを得ないだろ？　アレス様はそこに腹心の天使カズフェルと、天使サティエルの軍を潜ませて、一気にルシファーを仕留めようとしたんだ」
天使１「なるほど。良い作戦じゃないか」
天使４「ところがだ。その奇襲作戦を任された、カズフェルとサティエルは、既にルシファーの調略によって、悪魔側に寝返っていたのさ。それで、奇襲をかけるつもりが、あべこべに、悪魔側に奇襲をかけられてしまった。それで、味方の部隊は、大混乱になって総崩れ。アレス様も討ち死にさ」
天使２「なんということだ」
天使１「そうだ。ルシファーはそうやって、詐欺や謀略、嘘、裏切りを巧みに使って戦うのが得意なんだ」
天使２「ルシファーの術中にはまって、疑心暗鬼に陥ったり、憎悪にとらわれたりしたら負けだ。心を強く持たねば」
天使１「それにしても、ルシファーというのは、もの凄い奴だ。この短期間に、あのカドニス地域をあっさりと制圧するなんて……。しかも軍神アレス様まで討ち取るなんて……」
天使４「やい、あんな奴を褒めるなよ。ルシファーは残忍な奴で、アレス様ほか討ち取った天使長の首を、カドニス要塞の入口に吊るして、我々を挑発しているんだ」
天使３「畜生。悪魔め。図に乗っているな」
天使２「憎しみにとらわれるな。我々の正義を強く信じよう。全ては神様のお導きさ」

第三場

（天国におけるミカエルの寝室。ミカエルが寝ている）
声「子よ……。光の子よ」
ミカエル「あなたは誰です……」
声「私は私だ……。何とでも、好きに呼べばいい……」

ミカエル「その声は、主であらせられますか？」
声「……。そう呼びたければ、そう呼べばいい……」
ミカエル「おお、主よ。あなたにお伺いしたい事が、たくさんあるのです……」
声「ルシファーのことか？」
ミカエル「ルシファーのこともです。何故あなたは、ルシファーに、あのような酷い仕打ちをなさったのです？」
声「今、それについて、下の者に教えることはできない。ただ、子よ。いずれ全てが明らかになる時が来る。その時、ルシファーには、大いなる祝福と幸福が与えられるだろう。私はルシファーを深く愛しているが、そのため彼には非常に辛い役割を与えてしまった。すまないと思っている。しかし、苦悩する者は、幸いである。私はいつも苦しみ悩む者と共にあるからだ」
ミカエル「おお、主よ。この世界が、あなたの望むような世界でありますように」
声「光の子よ。私はお前のその従順さを好ましく思っている。私に対してだけではない。お前は全ての命に対して従順で、そうして誠実だ。それは私の心にかなった振る舞いだ。光の子よ。傲慢な者は貶められ、謙虚な者は高められる。お前のその従順であろうとする振る舞いは、王者と呼ぶにふさわしい振る舞いだ」

ミカエル「ありがとうございます」
声「光の子よ。この世界の秩序は正しい。ただ、まだできたばかりで不安定な所がある。私に疑いを抱いたり、悪魔のような破壊的衝動に駆られる者もいる。しかし、そうならないよう、お前が生き物を正しく導いてくれ」
ミカエル「主よ。あなたのことを考えると、私はなぜか感動します。その感動が、私を誘惑から遠ざけるのです」
声「それを信仰というのだ。子よ。私に対して感動する者は、私もまた感動していると思いなさい。そうして、私はそんな子たちを守りたくなるのだ」
ミカエル「しかし、今回の戦争ですが、あのカドニスが敵の手に落ちました。主よ、あなたの子等が苦しんでいます」
声「そうだ。それについて伝えに来たのだ。ルシファーは勢いにのって、明日の朝、ここカテドラルまで、大軍を率いて攻め寄せてくるだろう」
ミカエル「なんと！」
声「しかし、安心するがいい。お前たちが敗れる事はない。大勢の悪魔の御霊を鎮めよ。生まれ変わりを繰り返す事で、悪魔の魂は浄化される」
ミカエル「主よ。迷える我々に道をお示し下さい」

声「光の子よ。明日、何が起こるのか。その全てを伝えておこう。今から私が話すことを、よく聞くがいい……」

第四場

（戦場。甲冑を身に纏ったミカエル。舞台中央で天使の軍勢の前に出て演説する）

ミカエル「諸君。いよいよ決戦の日は来た。諸君のなかには、これまで敗戦を重ねてきたことに不安を感じている者もいるかもしれぬ。しかし、信じる者は救われる。昨夜。私は『声』を聞いた。その『声』によると、吉報だ。我々は今日、『バ』の口の戦場において、大勝利をおさめるという事だ！」

天使「ミカエル万歳！　主を讃えよ！」

天使「反撃の時だ。この日を待っていた！」

（天使軍喜びの声をあげる。ミカエル手で静止する。天使軍、静まり返る）

ミカエル「決戦の前にだ。我々の義を確認しておこう。諸君。我々の正義とは何か？——この世界を守ること。この世界を守るとは何か？　——この世界を守るとは、主の教えとこの世界の秩序を守ることである」

天使「そうだ。そうだ！」

ミカエル「原初の昔、この世界は大変な混沌にあふれていた。そこから生まれてきた多くの生命は、ただ、盲目的に暴力や、殺戮に快楽を求めていた。しかし、やがて、そうした命の営みに悲しみを感じ、救いを求める者も出てきた。そうした者たちが、やがて主に導かれて、我々天使となっていった。我々は悲しみから生まれた唯一の希望なのだ。それを忘れてはいけない。

しかし、傲慢なるルシファーは、主の教えを否定し、原初の盲目的な暴力や殺戮の快楽に溺れ、自己陶酔に耽ることで、仮初の救いと安息を貪ろうとしている。

私は言う。それは欺瞞であると。

主の元から離れた場所に、真の安息はない。

主の元から離れた場所に、真の救済はない。

正義は主と共にある。そして、主は我らと共にある！」

天使「主よ！」

天使「神の導きを！」

ミカエル「よし。諸君。共に戦おう！」

天使（全員）「おう！」

ミカエル「それでは、命令を下す！『声』によると、ルシファーの軍勢は、本日『バ』の口より、静かに進軍し、『イ』の門よりカテドラルに攻め寄せるとのことだ。そこで『バ』の口の両側面と『イ』の門に、それぞれ伏兵を配し、合図とともに、これを強襲。挟撃をしかける。『バ』の口の両側面は、ウリエル隊・ガブリエル隊が担当せよ。『イ』の門はこのミカエル隊が担当する。後詰として、ラファエル隊を配置する。多くの悪魔の御霊を捧げよ」

天使（全員）「おう！」

（ミカエル、退場する）

天使1「ふう。久しぶりに、ミカエル様の予言を聞いた」

天使2「今日のミカエル様は、いつも以上に神懸かっていらしたな。なんというか、こう、神の霊気が漲っていらしたよ。もはや神様と何も変わらんな」

天使3「ルシファーは『バ』の口から攻め寄せると仰っていたね。ルシファーは、なんであんな場所から来るんだろう？」

天使4「もし、ルシファーが他の方面から攻めてきたら？」

天使1「我々は簡単に全滅するね」
天使2「おい。不吉な事を言うなよ。ミカエル様の予言は絶対だ。仮に予言が外れて全滅したとしても、オイラは本望だぜ」
天使4「それもそうだな。賽は投げられた」
天使2「そうだ。賽は投げられた」

第五場

（戦場。ルシファーが側近や手勢を率いている）

側近「本当にこんな場所から攻めるんですか？」
ルシファー「うむ。この場所でいい。間違いない」
側近「何か根拠があるので？」
ルシファー「昨夜のことだがな。己は『声』を聞いた。その『声』によると、この場所にはミカエルの軍勢が配置されていないという。一気に全滅に追い込むことができると聞いたんだ」
側近「それはすごい」

側近「今日、ミカエルを討ち取ってしまいましょうや」
悪魔「全軍。予定された場所に到着しました」
ルシファー「よし。全軍聞け。これより我々は全面攻撃を開始する。この門は無人の筈だ。門を破ったら、一気に奥の口の門まで攻め寄せよ！　よいか！　よし。突撃！」
側近「突撃！」
悪魔（全員）「おう！」

（悪魔の軍勢。鬨の声をあげながら、舞台の下手から上手に向かって走っていく）

側近「ルシファー様。仰る通り、門は無人です。誰もいません！」
ルシファー「（高笑いしながら）そうだろ。そうだろ。ようし。このまま奥の口の門までつっきってしまえ」
悪魔（全員）「おう！」

（悪魔の軍勢。鬨の声をあげながら、さらに舞台の下手から上手に向かって走っていく。しかし、すぐに、舞台上手から下手へ逃げるように戻ってくる）

ルシファー「何だ？　何があった？」

伝令「申し上げます。突如敵の伏兵が現れました。わが軍は大混乱に陥っています！」
ルシファー「敵の伏兵だと？　馬鹿な！　ありえない！　己は……己は……『声』にまで騙されたというのか？」
（ルシファー、茫然と立っている）
側近「閣下。危ない。うぐっ」
悪魔1「ルシファー様。お味方は、どんどん縮小していきます。このままでは、全滅してしまいます。一度、後退しましょう。ルシファー様！　うぐっ」
ルシファー「う……。うむ……。後退だ、後退！　『バ』の口までいったん退けえ！」
側近「退却！　退却！　いったん、『バ』の口まで退いて、態勢を立て直すぞ！」
（悪魔の軍勢。今度は舞台の上手から下手に向かって走っていく。しかし、すぐに、舞台下手から上手へ逃げるように戻ってくる）
ルシファー「なんだ？　なんだ？　今度はどうしたっていうんだ？」
側近「ルシファー様。申し上げます。『バ』の口に伏兵。お味方の軍勢が、ウリエル隊とガブリエル隊から激しい挟撃を受けています」
ルシファー「何だって？」

悪魔2「うわあ。もう駄目だ。うぐっ」
悪魔3「逃げろ。逃げろ」
ルシファー「逃げるな。お前たち！　落ち着け。落ち着け。よく見ろ。敵は少数だ。陣形を整えれば、突破できるぞ」
悪魔4「逃げろ。逃げろ」
悪魔5「死にたくねえ。うぐっ」
ルシファー「ええいっ。わが軍がこんなに脆いとは……」

（ルシファー。天使の軍勢に囲まれる）
天使1「いたぞ。ルシファーだ」
天使2「敵の大将だ。討ち取れ。討ち取れ」
ルシファー「貴様などに討ち取られてたまるか。えいっ」
天使2「うぐっ」
（ルシファー。天使数名と剣劇をしていると、ミカエルが登場する）
天使「ミカエル様。ルシファーを包囲しました。どういたしますか？」
ルシファー「ミカエルか。おのれ。一騎打ちだ。己と勝負しろ！」

ミカエル「ルシファー。怒りと憎しみで頭が狂ったか？　今日、お前がこの門から攻めて来ることは、全て『声』から聞いていた」
ルシファー「『声』だと。『声』め。なぜミカエルに真実を伝え、この己を騙した。うん？　騙した？　いや、あれは本当に『声』だったのか？　いつもの己自身の幻聴だったのではないか？　ああ、また何も分からなくなった。何も！　全ては嘘で塗り固められている……。己はまた何も信じられなくなった。何も！」
ミカエル「何も信じられないのは、ルシファー。お前が信仰を捨てたからだ。もう一度、天国に戻ってくるがいい。神様には私が取りなそう」
ルシファー「奴隷め！　神の奴隷め！　お前たちは信仰の名のもとに安眠している豚だ！　己は違うぞ。己の命は己のものだ。己は神の庇護を離れ、己の自由に生きる狼だ。神の名のもとに庇護された平和など、まっぴらだ。己は己の好きなように生きる。それが、それが己の命の声だからだ！」
ミカエル「ルシファー。お前の知恵など、たかが知れたものだ。お前がどんなに強がってみせても、主の手の平を転がり回っているだけだ。主との繋がりを失ったところには、何の喜びも何の幸福もない。ただ、いたずらに幻（マーヤ）に惑わされる苦しみがあるばかりだ。この戦にしてもだ。ルシファー。お前は主の偉大なる知を前に、全く太刀打ちできなかったではないか？　我々は自らの無知を正しく自覚して、大いなる神の教えに従うべきなのだ。違うか？　ルシファー？」
ルシファー「うるさい。天使の説教など聞き飽きた。己は新世界の神だ。いや、神以上だ。ここで、お前を討ち取って、それを証明してやる。一騎打ちだ。来い！」
ミカエル「ルシファー。お前はもう捕まえられている。私を殺したところで、どうにもならないよ」
ルシファー「（周囲を見回して）くそうっ」
（ルシファー。スキをみて逃げ出そうと試みるが転ぶ。天使に捕まえられて、再び舞台の中央へ）
ルシファー「（顔を真っ赤にして）殺せ！　己を殺せ！」
ミカエル「いいえ。解放しなさい」
天使「ええ？　ここでルシファーを討ち取れば、戦いは終わりますよ？」
ミカエル「いいのだ。これは私ではない。『声』の……『主』のご意志なのだ。ルシファーの命を助けなさい」
ルシファー「ミカエル。貴様はこれ以上、己を辱めるつもりか？　そうなんだろ？　嘘つきめ。覚えておけ。貴様等も。いつか絶対復讐してやるからな！」

（ミカエル一人に、スポットがあたる）

ミカエル「（うつむいて）今日の決戦は大勝だった。全ては主の仰る通りだった。しかし、これで本当に良かったのだろうか……。ルシファー……。お前が私に浴びせた罵詈、私には何よりも痛かったぞ？　お前の暴言のその一つ一つが、そのまま今のお前の荒んだ心を映していたよ？　ルシファー……（うなだれる）」

第三幕

第一場

（背景特になし。子供たちが、ルシフェルスを中心にイジメている）

子供1「へへんだ。へんだ。変な奴。お前は一体、どこのどいつで？」
子供2「コイツは、天使。偉い天使の子供らしい。自分で言ってた」
ルシフェルス「嘘じゃないやい。僕の父ちゃんは、立派な天使だい」
子供3「天使だったら、何故お前には羽がない？」
子供4「天使だったら、何故お前には光輪がない？」
ルシフェルス「そんな事、僕の知った事じゃないやい。母ちゃんにも羽と光輪がなかったんだい」
子供1「へへんだ。へんだ。変な奴。そんならお前は悪魔の子」
子供3「悪魔だったら、何故お前には角がない？」

子供4「悪魔だったら、何故お前には尻尾がない？」
（子供たちに殴りかかるが、すぐに三、四人の子供たちに羽交い絞めにされ、袋叩きにされる）
子供1「変人め」
子供2「変人め」
子供3「一昨日来やがれ。ぺっ」

第二場

（ルシフェルスの家。舞台中央にフクロウがいる）
フクロウ「坊ちゃん。ルシフェルスの坊ちゃん。なんて顔してるんです？　またイジメられたんですか？」
ルシフェルス「ああ、ジッチャン。そうだよ。またイジメられたんだよ」
フクロウ「気持ちを強くもって」
ルシフェルス「分かっているよ。ジッチャン。でも、僕は一体何者なの？　なんで皆と同じになっていないの？」
フクロウ「そりゃあ、坊ちゃんが特別な子供だからですよ」

ルシフェルス「ああ、またその話になるのかい？」
フクロウ「そうですよ。坊ちゃん。坊ちゃんはですね。昔、この煉獄界に住んでいた美しい天使と悪魔の間に生まれた御子なのですよ」
ルシフェルス「皆は嘘だと言っているよ」
フクロウ「嘘ではありませんよ。実際に、ご両親は私の飼い主だったのですから。父君と母君の間に、どんなロマンスがあったかは、知りませんがね。ただ、実につつましい、それはささやかな炉辺の幸福といった生活を送っておられましたよ。母君が父君のことを『私の天使』と呼べば、父君は『私のアニマ』と呼んでいらしたんですよ」
ルシフェルス「僕はどうしても思い出せないよ」
フクロウ「無理もありませんよ。坊ちゃんがまだ赤ん坊の頃の話ですからねえ」
ルシフェルス「畜生。なんで僕は孤児になっちまったんだ」
フクロウ「父君の知り合いと思しき、邪悪な天使たちがやってきたんですよ。そうして、『あんな下らない悪魔と一緒にいてはいけない』『我々と一緒に戦ってほしい』とか何とか言って、父君と激しい口論になったんですよ。
父君は追い返しておられたんですが、邪悪な天使たちはしつこく父君の所にいらしてねえ。何度も口論があって、そうしてあの日が来たんです。父君が留守の間を狙って、二、三人の邪悪な天使たちが、母君と坊ちゃんを殺しに来たんです。もっとも、母君は勘の鋭い女性でしたから、予め危険を察知すると、私に坊ちゃんを託して逃げるように言い、自らは人形を抱えて魔法で自らに火を放ち、母子ともども焼き死んだように見せたんです」
ルシフェルス「その後。父ちゃんはどうしたんだよ」
フクロウ「分かりません。私が家に戻ってみると、坊ちゃんと母君の墓。それと天使たちの惨殺死体があっただけで、父君の姿はどこにも見当たりませんでした。でも、この私は坊ちゃんを父君に引き渡すことが、自分に与えられた使命だと心得ています」
ルシフェルス「父ちゃんは今どこにいるんだろう？」
フクロウ「さあ、立派な天使でしたからね。今頃は天国にいらっしゃるんじゃないかしら」
ルシフェルス「天国かあ。行ってみたいなあ。天国……」
フクロウ「そうですな。そのためには、天国に行けるくらい、立派な行いをしないと。坊ちゃん。天使のような存在におなりなさい。父君を前にして恥ずかしくないほどの男におなりなさい」
ルシフェルス「うん。そのつもりだよ」
フクロウ「なら、坊ちゃん。まずその汚れた顔と体を洗ってきなさいな」
ルシフェルス「そうするよ」

第三場

（川のほとり。ルシフェルス、歌を歌う）

ルシフェルス
「涙を過ぎて、ここは悲しみの街……
苦しみを過ぎて、ここは忘却のふるさと……
口笛吹こうよ
ノエルノエルと呼べば、ノエルはやってくる

ちっぽけなギンガムを、ちっぽけなギンガムに包んで
おっきなギンガムを、おっきなギンガムに包んで
口笛吹こうよ
ノエルノエルと呼べば、ノエルはやってくる」

（何かがドサッと落ちてくる。見れば、傷ついた天使である）

パワー「痛ってー。痛てててっ。いやっ。こりゃあ、たまらん」

ルシフェルス「大丈夫かい？　むっ。君は何だ？　（独り言）背中に羽が生えている。それと光輪も。まさか……」

パワー「よう。ちょっと手を貸してくれよう。足を挫いちまった」

（ルシフェルス片手を握って持ち上げ、介抱する）

パワー「やあ、ありがとう。いや、悪魔のヤツに不覚を取ってね。脳天に一撃を食らって、ここまで落ちてきちゃった……」

ルシフェルス「なんだい？　君は悪魔と戦っていたのかい？」

パワー「そうだよ？　知らないのかい？　今、天上界では天使と悪魔が、全面戦争の真っ最中さ。僕も微力ながら兵士として参加したんだけど、不覚にも悪魔に負けちまったい」

ルシフェルス「あの。もしかしてのもしかしてだけど」

パワー「もしかしてのもしかして何だい？」

ルシフェルス「もしかしてのもしかしてだけど、もしかして君は天使？」

パワー「ふふん。そのもしかしての天使だよ。名前はパワーというのさ。うん？　でも、君は変わっているなあ。羽もないし、尻尾もない。天使のような、悪魔のような……」

ルシフェルス「そうなんだ。実は僕は天使と悪魔の子供で、ルシフェルスというのだ。ちょっと事情があってね。今はフクロウのジッチャンと一緒に暮らしているんだ。ジッチャンが言うには、父ちゃんはまだ生きていて、天国にいるだろうって言うんだ」
パワー「え？　母君はどうしたんだい？」
ルシフェルス「悪い天使に殺されちまったい」
パワー「父君はどんな方？」
ルシフェルス「それがこう後光がキラキラさしていて、金色に光り輝く位の高そうな天使だったと言うんだ」
パワー「金色に光り輝く天使で？　悪魔とのご落胤？」
ルシフェルス「心当たりがあるのかい！」
パワー「いや。僕には確実なことは言えないなあ」
ルシフェルス「そう。ところで、できればのできればなんだけども」
パワー「できればのできれば何だい？」
ルシフェルス「オイラを天国に連れて行って欲しいんだ」
パワー「それはもちろん構わないよ。きっとこうして、僕と出会ったのは、神様のお導きに違いないよ」
ルシフェルス「本当に？」
パワー「本当だとも！」

ルシフェルス「じゃあ、ジッチャンに報告してくるから、待っててよ」

第四場

（天国の大通り。パワーとルシフェルスが歩いている）

パワー「おお、そこにいるのは、わが友ハドレアヌスではないか。そんなに慌ててどうした？」

ハドレアヌス「や、そういうお前は、パワーじゃないか。今、天国は戦争でてんてこ舞いさ。しかし、喜べ。カテドラルの『バ』の口でな。ミカエル様の予言が的中して、悪魔に大勝した！」

パワー「そいつはすごいや！　で、敵は？」

ハドレアヌス「カドニス要塞に籠っている。今、この要塞を取り戻そうと、近くまた一戦を交える予定だ。ミカエル大天使長が、直々に出陣するという話も出ている」

パワー「ミカエル大天使長といえば、おお、そうだ。このルシフェルス君を、ミカエル様に紹介しに行くところなのだった」

ハドレアヌス「ルシフェルス君？　そこにいる君かい？」

（ルシフェルス、小さくお辞儀をする）

ハドレアヌス「やあ、君は不思議な子だなあ。天使のように羽もなければ、悪魔のような角もない」

パワー「そうなんだ。実は彼はこの天国にいる天使長が、煉獄界で悪魔との間に生んだ子供だというのだ」

ハドレアヌス「なんだって。そんな話ははじめて聞いた」

パワー「君。父親に心あたりはないかい？」

ハドレアヌス「うーむ。天国は広いからなあ……。地獄はもっと広い……。僕には分からないな」

パワー「やっぱりミカエル様に聞いてみよう」

ハドレアヌス「でも、ミカエル様はお忙しいぜ」

パワー「そりゃあ、そうなんだけども。一応、新しく天国に来た仲間は、ミカエル様に謁見するという決まりもあるからさ」

ハドレアヌス「それもそうだ。まあ、お伺いをたててみたらいい。それにしてもルシフェルス君。遅ればせながら天国へようこそ。今はご覧の通り、戦時中でおもてなしができないのは残念だけど」

ルシフェルス「いえ。天国を見聞できているだけでも光栄ですよ」

第五場

（背景特になし）

伝令1「申し上げます。第八師団。カレル地域の奪還に成功しました。敵は壊滅。敵将パズスは逃亡しました」

伝令2「申し上げます。第二師団。中部パサド地域の防衛に成功。悪魔の軍勢の撃退に成功しました」

伝令3「申し上げます……」

（天国の会議室。甲冑をつけたミカエル。側近の天使たちと地図を広げて、軍略を練っている）

側近「ミカエル様。この間の『バ』の口の戦い以降、悪魔たちがやけに弱くなりましたな。戦っても以前のような手ごたえがまるでない」

ミカエル「悪魔とはそういうものだ。図に乗らせて、つけ上がると手が付けられないが、もともとは自分の利益しか考えない烏合の衆だ。一度、負けると、我先にと逃げ出す」

側近「戦局も、ようやく好転してきました」
ミカエル「しかし、悪魔の数は、依然として我々を圧倒している。戦争の流れが変われば、どうなるか分からない。また一気にカテドラルまで攻め寄せてくるかもしれない。今が大事な時期だ」
側近「はい。それにしても、悪魔たちの戦い方は何です？　気まぐれで、ワガママで、まるで計画性がない。シロートですよ。あのアレス様を討ち取った連中とは、とても思えない」
ミカエル「多分、今、まともな指揮官がいないのだろう」
側近「我々にとっては好都合ですけどね。悪魔側には、ルシファーだけでなく、かつて天使長だったサタンや、ベリアルといった強敵がいるのに、どうしたのでしょう」
ミカエル「さあ、内輪もめでもしているのかもしれん。ともかく我々は我々の戦い方をしていればいい」
（ノックする音の後、パワーがルシフェルスを連れて、舞台袖から現れる）
パワー「ミカエル様」
ミカエル「おお。パワー。生きておったか。よかった。あいにくだが、ご覧の通りだ。今、ちょっと忙しい。用件があるなら、手短に頼む」

パワー「はい。ミカエル様。実は彼。ルシフェルスを新たに天国に招いたので、ご紹介します」

（隣にいるルシフェルスの肩に手をまわして、ミカエルに示す）

ミカエル「やあ。君はルシフェルス君というのか。天国へようこそ。といっても、今は戦争中で何のおもてなしもできなくて残念だ」

ルシフェルス「いえ、天使様も、風景も、何もかもがキラキラしていて、感動しています。それだけで最高のおもてなしです」

ミカエル「そう言ってもらえてうれしいよ。ところで、君は。何だな。天使のような羽もなければ、悪魔のような尻尾もない。不思議な種族だな。初めて見る」

パワー「そうなんです。ミカエル様。詳しい事情などは、後ほどお伝えしますが、実は彼は、我々天使と悪魔の間の混血児なんです」

ミカエル「混血児！　そんなことが」

パワー「それで、父親を捜しに、この天国まで来たそうなんですが、お心当たりは？」

ミカエル「うーむ。今、ちょっと思い浮かばないな。私とて、天国の全てを把握しているわけではないからね」

ルシフェルス「何か手がかりになるようなものでも」

ミカエル「天国には物知りが多い。虱潰しに聞いて回ってみるのが一番良いと思う。私からはそうとしか言えないな」

側近「閣下。これを（資料を示す）」

ミカエル「おお。（資料を見ながら）――そうだ。パワー。お前にちょっと一働きしてもらいたい」

パワー「それは構いませんが、ルシフェルス君は？」

ミカエル「うむ。そうだな。オルラ。オルラはいるか？」

（オルラ、舞台の袖から登場）

オルラ「はい、ここに」

ミカエル「ルシフェルス君。パワーは借りるよ。彼女はオルラ。とても物知りで親切な女の子だ。彼女から必要なことを学んだらいい。君よりお姉さんになるが、今の君に必要なことを教えてくれる筈だ。何度も言うが、申し訳ないことに、悪魔との戦いの日々が続いていて、余裕がない。今の私には、このくらいの事しかできないんだ。すまない。オルラ。ルシフェルス君を、よろしく頼む」

第六場

（オルラの家の一室。オルラ、窓のカーテンを開けてやる）

オルラ「どう？　ルシフェルス。今日からここが、あなたのお部屋よ」
ルシフェルス「とても小綺麗で、清潔な部屋だね」
オルラ「パワーから、色々話は聞いたわ。あなた、天使のご落胤なんですってねえ？」
ルシフェルス「そうみたい」
オルラ「初めて聞いたわ。でも、不思議ね。こうして天使と悪魔が戦争している真っ最中に、その天使と悪魔の間に生まれた愛の子供であるあなたが、突然現れた。これも神様のお導きというものかしら」
ルシフェルス「ずいぶん、大きな戦をしているようだけど、敵の悪魔はそんなに強いの？」
オルラ「悪魔というより、その頭領ね。ルシファーというのが、厄介なのよ」
ルシフェルス「ルシファー？」
オルラ「そう、昔は天国で尊敬されていた立派な天使長だったんだけど、神様とケンカして、天国を捨ててしまった方なのよ」
ルシフェルス「じゃあ。元・天使なんだね。天使のような。悪魔のような。僕によく似てるなあ」

オルラ「そういえば、あなた。ルシファー様にちょっと似ているわね。面影があるわ」

ルシフェルス「僕の父はルシファーってこと？」

オルラ「冗談よ。でも、天使長のルシファー様は、それはそれはお美しかったのよ。あなた。私の初恋の方よ？　わあ。やだあ。言っちゃったあ。私」

ルシフェルス「どうやら、君は能天気な女の子らしいね」

オルラ「そうよ、教えてあげる。天使の哲学はね。ルシフェルス。子供の心（好奇心）と老人の頭（知恵）を持つことから始まるのよ。子供のようなキラキラした好奇心が、大いなる知恵を授けてくれるのよ。心をお爺ちゃんにしたら駄目。何の感動も、何の喜びも、何の輝きもない心なんて、そんなのちっとも面白くないでしょ？　頭も馬鹿になっちゃうんだから」

（窓を開ける）

オルラ「あ。いい天気。ね。少し外を歩かない？」

第七場

（天国の大通り）

ルシフェルス「天国は思ったよりも静かなんだね？」

オルラ「あなた、天国を、どんな所だと思っていたの？」

ルシフェルス「そりゃあ、父ちゃんがいて、たくさんの陽気な天使たちがいて、永遠の愛に包まれた、にぎやかな世界だと思っていたよ」

オルラ「それは、ちょっと違うわね」

ルシフェルス「どうしてさ？」

オルラ「この世界はね。まだ完成していないの。天使たちが作っている最中なの。私たちはこの宇宙に生きとし生ける全ての魂を、この天国に招待するつもりなのよ。それができた時――つまり、全ての魂が天国で幸せになれた時、この世界は初めて完成するの。逆にいうと、その日が来るまで、私たちの幸福は完成しないんだわ。だって、他に苦しんでいる魂があるのに、どうして自分たちだけ幸せを独占できるの？　そうでしょ？　おかしいでしょ？　この世界の全ての生き物が幸せになる時――その時、私たちの幸福も一緒に完成するの。でも泣いちゃだめ。天使が微笑みを浮かべているのは、悲しいからなのよ。だからほら、あなたも笑いなさい」

ルシフェルス「それも天使の哲学？」

オルラ「そうよ。でも、こんなもんじゃないわ。私の哲学は、もっと、もーっと、深大なんだから。全部あなたに教えて差し上げるわ」

ルシフェルス「でも、君よりもさらに深大な哲学を身につけていたであろうルシファーは、なんで天国を捨てたの？」

オルラ「(うつむいて) ルシファーは純粋すぎる天使よ。この世界の幸せを彼は誰よりも強く願っていた。そうして、生き急いでいた。急いで求めて、求めて急いで。そうしているうちに、迷子になっちゃったのね。きっと……(うなだれる)」

第四幕

数ヶ月後――。

第一場

（会議室。甲冑をつけたミカエル。側近の天使たちと地図を広げて、軍略を練っている）

ミカエル「どうもカドニス要塞の士気が、想像以上に低下しているようだ。物見の話では、逃亡に失敗して処罰されている奴もいるそうだ」

側近「今、全面攻勢に出れば、殲滅できるのではありませんか？」

ミカエル「しかし、相手はあのルシファーだ。奴は嘘をついたり、騙したりするのが得意だ。これも罠かもしれん」

側近「しかし、私の情報では、向こうの幕僚連中は『バ』の口の敗戦以降、仲違いを始めたようですよ。敵軍は今、ルシファーの統率下にないように思われます」

ミカエル「それは確かな情報か？」
側近「二、三の筋から入手した情報です。確かな情報です」
ミカエル「だとすれば、今のタイミングを逃したら、カドニス奪還の絶好の機会を失う事になるな……」
側近「大規模な攻撃を行いましょう。ミカエル様」
ミカエル「うーむ。いやに都合よく話ができ過ぎている感じもするんだよ。判断の難しいところだ」
（会議室をノックする音の後、オルラが舞台袖から現れる）
オルラ「失礼します」
ミカエル「やあ、オルラ。ルシフェルスはどうだい？　お父さんは分かったかい？」
オルラ「今、色々な物知りの天使に話しかけて、お父さんの行方を捜しているんだけど、どうにも見つからなそう……」
ミカエル「そうかい。まあ、天国は広い。焦らずにゆっくりと捜せばいい。――ところで、何の用だい？」
オルラ「ええ、そのルシフェルスのことなんですけどね。彼、この戦争の兵士に志願したいみたいなんです」

ミカエル「兵士？　兵士といっても、彼はまだ子供じゃないか？」
オルラ「そうなんですけど、今、主な天使たちはみんな軍隊にいるでしょう？　だから、そこでお父さんを捜したいと言ってきかないの」
ミカエル「なるほど。分かった。兵士はまだ無理だと思うが、私の付き人という形で、このミカエルが面倒をみるとしよう」
オルラ「ありがとうございます。では」
（オルラ退室する）
側近「ルシフェルス――天使と悪魔の混血児でしたっけ。不思議な子、ですな」
ミカエル「うん。それにしても、天使と悪魔の全面戦争が起こったこのタイミングで、天使と悪魔の愛で生まれた、あの子供がやってきた、という事に、私は偶然とは思えない、主の導きを感じるよ。あの子は何だろう？」

第二場

（ミカエル、甲冑姿で天使の軍勢の前に現れる）
ミカエル「諸君。ついに時は来た。カドニス要塞、奪還の時だ。ここ最近の報告によれば、要塞内は完全に軍規が乱れきっており、幕僚は内輪もめに明け暮れ、家来たちは、昼寝をしたり、遊んだり、逃亡したりしようとしているそうだ。我々は軍議を重ねた結果、この時期を逃して、カドニス奪還の機会は二度とないと結論した」

天使「おう！」

ミカエル「しかし、カドニスは難攻不落の要塞だ。数で劣る我々が、真正面から攻撃しても、勝てる見込みはまずない」

天使「ミカエル様！　我々に作戦を！」

ミカエル「事前の調査によると、敵はカドニス要塞のＳ区域に本陣を置いている模様だ。そこを強襲するには、私はソル丘陵方面から一気に降下するのがよいと思う。幸い今日は霧が深い。時刻は平凡な時間の、霧がもっとも深くなる頃合いを狙って行う。敵は今完全に油断している筈だ。大丈夫。あっという間に仕留めてみせる」

天使「ミカエル様。あなたの御心に全てを委ねます！」

ミカエル「よし。諸君。共に戦おう。この作戦は速度が大事だ。物音を立てるな。相手が騒ぎ出す前に、敵の首脳をことごとく生け捕りにするか、討ち取ってしまうのだ」

天使「おう！」

ミカエル「それともう一つ。ルシフェルスはいるか！」

（ルシフェルス、進み出る）

ルシフェルス「はい、ここに」

ミカエル「うむ。今日は君の初陣になるが、私の側にいなさい。まずは慌てずに戦争の雰囲気に慣れることだ」

ルシフェルス「はい、分かりました」

第三場

（カドニス要塞内部）

悪魔1「敵襲だ。敵襲！」

悪魔2「逃げろ。逃げろ。いきなり攻めてきやがった」

（天使たち、悪魔たちと剣劇をしつつ、舞台上手より下手に移動していく）

ミカエル「雑兵に構うな。敵の幕僚はどこだ？　敵の幕僚を捜せ！」

天使1「それがどういうわけか。敵の幕僚たちがどこにもいません！」

ミカエル「なんだと？　ええい。どこかに隠れている筈だ。もっとちゃんと捜せ！」

天使2「ミカエル様、あちらをご覧ください。霧に紛れて幕僚連中が手下と一緒に逃げています」

ミカエル「あれだ。よし。追いかけるぞ！」

天使2「はっ」

（舞台中央で天使たちが悪魔たちと剣劇をしていると、しばらくしてドラの音が響く）

ミカエル「なんだ。この音は。何事だ！」

伝令「申し上げます。お味方の軍勢、すっかり敵に包囲されています！」

（霧の中から大量の悪魔の軍勢が姿を現す）

ミカエル「まさか謀られたのか？　この私が？」

（ルシファーが姿を現す）

ルシファー「当たり前だ。二重三重に重ねた己の嘘に、まんまと釣り上げられたな？　ミカエル。お前が己たちの事を入念に調べ上げている時、己たちもお前たちのことを入念に調べ上げていたのだ。全ては、お前を討ち取るために――己は嘘の上に嘘を重ねて、お前が騙されてこの場所に来るのを、ずっと息をひそめて待っていたのだ。幕僚の内輪もめも嘘だし、軍規の乱れも嘘だ。いや、その前の戦局も嘘だ。全部嘘だ。どうだ。悪魔の偽情報《フェイクニュース》に踊らされた気分は？」

ルシフェルス「（独り言）あれは、金色に輝く天使！」

（ルシフェルス、よく見ようと進み出る）

ルシファー「ミカエル。答えが出たようだな。己の正義は正しかった。神に従属して、奴隷の生き方を選んだお前は間違っていた。信じられるのは、己の才覚だけさ。自分で自分の道を切り拓いた己こそが、勝利者と呼ぶにふさわしいのだ。お前を殺して、その生首を地獄門に吊るしてやる。精液をぶっかけて。永遠の笑いものにしてやる」

（ルシフェルス、ルシファーの前まで来る）

ルシファー「（ルシフェルスに気付いて）うん？　何だお前は？」

ルシフェルス「（独り言）間違いない。ジッチャンの言っていた特徴と同じだ。（ルシファーの方を向いて）あなたは、僕の父ちゃんだね？」

ルシファー「（驚いた表情）天使でも悪魔でもない……？　お前は、まさか？」

（傍らにいるサタンが驚く）

サタン「あ、あの子供は……。あの変な子供は……。確かに殺した筈なのに……」

ミカエル「何を言っているんだ？　ルシフェルス？」

ルシフェルス「（ルシファーの表情を見て確信する）ミカエル様。ルシファーは私の父です。金色に輝く天使。間違いありません！」

ミカエル「なんだと？」

（ミカエル、驚いた表情でルシファーを見る。ルシファー、驚いた表情でルシフェルスを見る）

サタン「騙されるな。ルシファー！　その子供は偽物だ！」

ルシファー「（魔法にかけられたような表情になる）そ、そうだ。偽物だ。己の息子は死んでいる筈だ。己が自分で確認した筈だ。（スゴイ形相で、ミカエルをにらみつける）お前は嘘をついたな！　己の子は死んだ。そのクソガキは、大方、お前が妖術で作り出した幻影か何かだろう？　そうなんだろう？」

ミカエル「ルシファー。これが現実か幻影か、その見分けがつかないほど、幻（マーヤ）にとらわれたのか？　よく見ろ。これは幻影ではない。真実だ」

（ルシフェルス、舞台の中央のルシファーに近づく）

ルシファー「（怯えながら、ルシフェルスに言う）やめろ……。己を見るな……。偽物め……。ほ、本物みたいな顔しやがって……。己を見るな……。見るなと言うに！」

ミカエル「ルシファー。真実を恐れるという事は、お前が幻（マーヤ）に誑かされている何よりの証拠ではないか？　お前は『自分の意志で自分の道を切り拓く』と言ったが、そう思い込んでいるだけではないのか？　お前の小さな意志など、ただの小人のエゴイズムに過ぎない。神の懐に包まれてこそ、真の大いなる主体性を手にすることができるのだ。大いなる主体とは何か？　——それは自らの意志で神の教えに従い、自らの意志でそれを実行することだ。そこに至って、私利私欲のない大いなる主体性が手に入る――。お前の言う私欲にまみれた主体性など、嘘にまみれた偽物の産物にすぎない」

ルシファー「やかましい！　天使の説教なんぞに耳を貸すような己ではない」

ミカエル「なら、なぜ自分の息子の目を見ない。ルシファー。その子は悪の道に落ちたお前を、再び天使の道へと繋ぐかけ橋となりうる存在だ。なぜその真実から目を背ける？」

ルシファー「お前の下らない術中に嵌ってたまるものか！　これはお前の作り出した幻影だ！　己は騙されないぞ！」

（ルシフェルス、さらに近づく）

ルシファー「やめろ……。こっちに来るな……。己を見るな……。己に近づくな……。うわああ！」

（ルシファー、逃げだしてしまう。ルシファーが舞台からいなくなると、悪魔たちに動揺が広がる……）

悪魔「ルシファー様。この場をどうするんです？　ミカエルを討ち取るんですか？　それとも、捕まえるんですか？　ルシファー様！」

（悪魔たちがルシファーの後を追いかける）

サタン「ええい。殺せ！　当たり前だ。ミカエルも、その子供も。ここで殺せ！　お前たち！　私の言う事を聞かないか！」

ミカエル「（独り言）悪魔が混乱している。――（周囲の天使たちに向かって）よし。お前たち、悪魔が混乱している今がチャンスだ！　全力で脱出する！　陣形を組め！」

天使（全員）「おう！」

（ミカエル、ルシフェルスの手を引く）

ミカエル「ルシフェルス。今は退け！（周囲の天使たちに向かって）あそこが手薄だ。一点突破だ！　続け！」

天使「おう！」

サタン「ああ、ミカエルが逃げていく……。お前たち！　戦わないか！　私の命令を聞け！　お前たち！」

第四場

（会議室。甲冑をつけたミカエル。側近の天使たちと地図を広げて、話をしていると、オルラが入ってくる）

オルラ「失礼します。ミカエル様、この度はよくぞ、カドニスから、無事ご生還なさいました！」

ミカエル「やあ、オルラかい？　悪魔が混乱してくれたおかげで、カドニス要塞から奇跡的に生き延びることができた。これも神様のご加護だと思っているよ――。それで、その後、ルシフェルスの具合はどうだい？」
オルラ「それが、あの日以降、あんまり元気がないの。食事もロクにとっていないという状態です。あまり話さなくなって……。そんなにお父さんのことが、ショックだったのかしら」
ミカエル「うーん。立派な天使長だと思っていた父親が、悪魔の頭領だったのだからね。私もあの時は、周囲の状況を冷静に把握できる状態ではなかった。ルシフェルスはショックを受けていたのかもしれないね……」
オルラ「それだけじゃないんです。ミカエル様。ルシフェルスは、夜、うなされて悪魔のような声を出したりするんです。その声が恐ろしくて。天使たちにも何人かそれを知っている者たちがいて、気味わるがっています」
ミカエル「半分は悪魔の血が入っている子だからね。そんな事もあるのかもしれないね」
オルラ「それが、天使たちのなかには、ルシファーは堕天したから、天使じゃない。ルシフェルスに天使の血は入っていないと言う者も出てきているんです」
ミカエル「そういう考えは、偏見を作る。よくないね。なるほど。分かった。その件は私が何とかしよう。ルシフェルス君のことは、君が頼りだ。色々と話し相手になっておやり」
オルラ「はい。そのつもりです」

第五場

（ルシフェルスの部屋。夜、ルシフェルスが寝室で寝ていると、その枕元に男が立っている）
男「ルシフェルス。ルシフェルス。ああ、あの時、私の指示で、確かに殺した筈なのに。生きていたなんて。なんて可哀想な子供なんだろう。お前は、もう一度、私に殺されなければならない」
ルシフェルス「うう……。誰だ。お前は？　お前は？　誰だ？　とても凶暴で、俗悪で、狡猾で、冷たい顔をしている」
男「お前を殺しに来たんだよ。お前がいると、私の計画が台無しになってしまうかもしれないから」
ルシフェルス「計画とは何だ？」
男「何だっていいじゃないか。お前がいると、ルシファーの心に迷いが生まれ、悪魔たちが思うように動かなくなってしまうんだよ。つまり、私にとって、お前は邪魔な存在なんだよ」

ルシフェルス「お前は何で、平気で僕を殺すと言える？」

男「ルシフェルス。お前は、天使の仲間にもなれず、悪魔の仲間にもなれない、ハンパ者だ。お前は生まれてきてはいけない呪われた子供なんだよ。なのに、何でお前は生きている？　図々しいにも程があるよ。お前？」

ルシフェルス「僕は父ちゃんに会って話をしたいだけだ。そうして、父ちゃんに、僕は何者なのか？　僕の居場所はどこなのか？　色々教えてもらうんだ」

男「ふふふ。本当にそんな事を思っているのかい？　幼稚だねえ。ルシフェルス。天使でも、悪魔でもない、お前の居場所が、この世に用意されていると、本気で思っているのかい？　天使と悪魔はねえ。決して相いれない、争い続ける運命の存在だよ。この世に、お前の居場所もないよ」

ルシフェルス「ならば、僕は何故ここにいる？　天使である父と、悪魔である母の間に、共鳴しあう何かがあったから、僕が生まれてきたんだろう？　居場所があるから、僕は生まれてきたんだろう？　違うのかい？　僕は父ちゃんに聞きたいんだ。お前は黙っててくれよ」

男「天使に変なことを吹き込まれたね？　ルシフェルス。ルシファーとお前の母の間にはねえ。絶望しかなかったよ。お前の未来にも絶望しかないよ」
ルシフェルス「（泣きそうな声を出す）そんな筈はない。お前は嘘ばかりついている」
男「そう思うのかい？　坊や」
ルシフェルス「お前は何でそう何もかも知ったような口をきく？」
男「それはね？　この世界が私の手の平で転がっているようなものだからだよ。私はこの世の実質的な支配者なんだ」
ルシフェルス「お前は神様のつもりかよ！」
男「最も神に近い存在と言っていいよ。私は全ての生き物の中で、最も強く、そして残忍だ。私は何者にも束縛されない。私には良心がないのだから。何も私を苦しめるものがないんだ。この世の摂理も、我が手中にあるようなものだ。……あ、おしゃべりが過ぎたねえ。……さあ、殺してあげよう（ルシフェルスに近づく）」
ルシフェルス「（ベッドの中で後ずさりする）お前は生命ではないな？　お前は一体何者だ？」
（枕元の男。ルシフェルスの顔を覗き込む）
男「私の名はサタン、魔王だよ？」
（とたんに灯がつく。オルラが慌ててルシフェルスに近づき、揺り起こす。男、無言のままルシフェルスの枕元からゆっくり離れていく）

オルラ「ルシフェルス！　ルシフェルス！」

（ルシフェルス、目が覚めて半身を起こす）

オルラ「ルシフェルス。あなた大丈夫？　もの凄いうなされ方をしていたわ」

ルシフェルス「オルラ。何だろう。とんでもなく恐ろしい夢を見ていたのに、何も思い出せないんだ。ただ、目が覚めるたびに、とんでもなく憂鬱な気持ちになるんだ」

（オルラ、ルシフェルスを胸に抱きしめる）

オルラ「おお、お。ルシフェルス。可哀想な子。きっとお父さんの夢でも見ていたのね」

ルシフェルス「いや、それとも違う感じがするんだ」

オルラ「なら、きっと一時的なものよ。楽観的に考えてみたら？」

ルシフェルス「オルラ。変なことを聞くようだけど」

オルラ「どうしたの？」

ルシフェルス「変なことを聞くようだけど、僕はこの世に生まれてきて、本当に良かったの？」

オルラ「何を言ってるの？　ルシフェルス。当たり前でしょ。生まれてきて悪い魂なんて、この世にないわ——少し夜風に当たりましょう」

第六場

（ルシフェルス、オルラと一緒に、夜の天国を歩いている）

オルラ「それにしても、あなたが、あの、天使長ルシファー様のご落胤だったとはねえ――。でも、言われてみれば、分かる気がするわ。面影がある」

ルシフェルス「そう？」

オルラ「そうよ。あなたはねえ。ルシファー様が堕天した後、地獄の世界で悪魔との間に見出した唯一の希望だったのよ。ルシファー様は悪魔とご自身との間に、どこか共鳴するものがあったのね。もちろん、あなたのお母様も……。だからこそ、愛し合えたのだわ。そうして、お二人は、平凡な炉辺の生活のなかに、幸福を探そうとなさった。しかし、そのささやかな幸福すら、非情にも奪われた時、ルシファー様は、希望を見失って、暴走なさってしまったのだわ」

ルシフェルス「でも、それは君の妄想だろ？　オルラ」

オルラ「あら、どうしたの。ルシフェルス？　暗い顔をして」

ルシフェルス「きっと僕はそんなキレイなものではなく、もっと呪われた存在として生まれてきたんだよ。神に呪われた天使と、世界の秩序から排除された悪魔の間に生まれた僕は、神の呪いを受け継ぐ者として生まれてきたんだ。本当は僕はこの世に生まれてきてはいけなかったんだ……」

オルラ「そういう陰鬱な考えはよくないわ」

ルシフェルス「いや、でも、オルラ。たとえばだよ、この天国にしてもだよ。僕は時々この平和な楽園に、妙な空しさを感じることがあるんだ」

オルラ「平和が空しいの？」

ルシフェルス「うん。やっぱり僕には、悪魔の血が半分入っているのだね？　――僕は、時々、父の姿を思い出すんだ。あの、破壊衝動に身を委ねた悪鬼のような父の姿を――。正直に言うとね。僕もあんな父ルシファーのような、破壊衝動に身を委ねてみたくなる時があるんだ」

オルラ「あなた。天国が嫌になってしまったの？」

ルシフェルス「そういうわけじゃないんだ。天国というのは、君の言うように素晴らしい所だよ。天使たちの知恵は、無限に湧いてくるかのようで、永遠に話が尽きないほどだし、天使たちの話を聞くことほど面白いものもない。それから、天使たちの歌。天使たちの芸術。どれもこれも、美しいものが次々と生み出されていく。全く素晴らしいよ。自然も美しい。全ては主の懐に包まれて喜びに満ちている感じがするよ」

オルラ「なら何が不満なのよ？　ルシフェルス」
ルシフェルス「オルラ。天国には父がいないんだ――僕にとっての天国は、やはり父ルシファーのいる天国なんだ。父のいない天国は、どこか、空しい……。何かが、足りない気がする……」
オルラ「ルシフェルス。ごめんなさい……。あなたの言いたいことが、私にはよく分からないわ……」
ルシフェルス「いいんだよ。オルラ。多分、僕が天国に感じているこの空しさを、理解できるのは、唯一、父のルシファーだけなんだ。僕は父と会って、話をしたい。父に聞きたいんだ。僕の存在について……。僕の居場所について……」

第七場

（ルシファーの寝室。ルシファー。愛人のアウラとベッドに裸で横たわっている）
アウラ「閣下。閣下。うふふふ」
ルシファー「どうした。いやにご機嫌じゃないか」
アウラ「私は嬉しいんですよ。閣下が今もこうして生きておられる事が――私は、こうして再び閣下のお胸に抱かれて幸せですよ（ルシファーの胸にくるまる）」
ルシファー「可愛いことを言う奴だ。こいつめ」
アウラ「うふふ」
ルシファー「このっ」
アウラ「うふふ」
（ベッドの中で、しばらくじゃれ合う）
アウラ「そういえば、閣下。私、もう一つ嬉しいことがあるんですよ」
ルシファー「なんだい？」
アウラ「ルシフェルス様が生きておられたとか。今日聞いたのですが」
ルシファー「ああ、その事か……。私もそのことで、随分思い悩んだのだがね。やっぱり生きてはいないよ。あれはミカエルの幻術だよ」
アウラ「（びっくりして）なぜそう思われるのです？」
ルシファー「サタンがそう言っていたからだ」
アウラ「でも、敵とはいえ、相手はあのミカエルですよ？　仮にも天使軍の総師が、そんな猿芝居をするかしら。それに、ミカエル自身、ルシフェルス様のことは知らない筈ですよ？」
ルシファー「大方、『声』にでも聴いたのだろう」

アウラ「（頭を左右にふって）ああ、閣下の考えは狂っていますよ」
ルシファー「私の考えはおかしいかい？」
アウラ「ええ、非常識です――。閣下。非常に申し上げにくいのですが……」
ルシファー「なんだい？」
アウラ「あの、サタンという者を重用するのは、お控えください。私は、あのサタンが、閣下の御心を狂わせているように思えてならないのです。それに、サタンは何か企んでいます」
ルシファー「確かに、サタンは危険な男だ。心を狂わす不思議な術も使う。しかし、奴は元天使長で、戦に欠かせない有能な人材でもある。要職から外すことはできないよ」
アウラ「では、せめてお気をつけ下さいまし」
ルシファー「ふふ。アウラよ。お前はよっぽどルシフェルスが生きていると信じたいのだね？」
アウラ「閣下。信じたいのではありません！　ルシフェルス様は、生きているんですよ！　閣下ともあろう方が、なんでこんな当たり前のことが分からないのです。サタンではなく、ミカエルと私をお信じ下さい」
ルシファー「だったらいいな。ルシフェルスが生きていたら、ちょうどあのくらいの年齢になるか。あの子が生まれた時、私は私の半身を得たような喜びを感じたものだ。天使にも悪魔にもなりきれなかったこの私と同じく、天使でも悪魔でもない子が、この世に誕生したのだ。その当時、天国にも地獄にも、自分の居場所を感じることのできなかった私にとって、この世で、あの子だけが、唯一の心の拠りどころであった。あの子にとっても、きっと私という存在が必要だったに違いない。この父が、あの子に色々なことを教えてあげたかった……」

アウラ「閣下。今からでも、遅くはありません。ミカエルに使いをやって、ルシフェルス様をお引き取りになって下さい。そうしましょう？」

ルシファー「ミカエルは嘘つきだ」

アウラ「なぜミカエルを、お信じにならないのです」

ルシファー「（魔法にかけられたように虚空をみつめる）私の息子はとっくの昔に死んでいるからだよ。サタンが言っていた。あれは幻術だよ」

アウラ「（独り言）畜生。サタンのヤツ。閣下に何をした！」

ルシファー「それに、私はもう何も信じない。何もかも嘘だ。そう思った方がいい。そのつもりでいた方が、騙されても傷つかない……」

アウラ「では、どうしたら、ルシフェルス様が本物だとお信じになりますか？」

ルシファー「刺し殺せばいい。きっと、刺し殺したあと、別人に変わる筈だ」
アウラ「ああ、それでは駄目なんですよ……。殺しては駄目なんですよ……。閣下」
ルシファー「お前は私のことを心配してくれているんだね。アウラ。しかしだ。もう遅いのだよ。何もかもが、手遅れなんだよ。たとえサタンに惑わされていたとしても、この私はもう引き返せない事に、首を突っ込んじまっているのさ」
アウラ「何でございます？」
ルシファー「大いなる清算の日が近づいているのだ」
アウラ「大いなる清算の日？　なんですの？　それ。とても恐ろしい予感がしますわ」
ルシファー「七ツ年の七月の七日の七ツ刻だ。全ての浄化がその時に始まる」
アウラ「私は恐ろしいですよ。閣下はいなくなってしまわれるの？」
ルシファー「そんなことはない。私はお前と一緒にいる。そうして、偽物ではない本物のルシフェルスも現れる」
アウラ「そんな狂った事が……。閣下……。何をなさるおつもりです？　お聞かせ下さい」
ルシファー「アウラ。男の世界の事に口を出すな」
アウラ「私は恐ろしくて、たまらないんですよ……。閣下……。閣下が遠くに行ってしまいそうで……（うなだれる）」

第五幕

数年後――。

第一場

（悪魔の砦。舞台上手で、悪魔たちが天使軍を観察している）

悪魔1「戦線はどうなっている？」

悪魔2「ずっと同じさ。もう何年も天使の軍勢が全く動かねえ」

悪魔1「あのカドニス要塞の奇襲失敗以降、天使たちもオデ等のこと、余程警戒しているな？」

悪魔2「ああ、しかしこうも膠着状態が続くのも疲れるな」

悪魔3「ルシファー様は最初、短期決戦って言ってなかった？」

悪魔2「予定変更したんだろ？」

悪魔3「ああ、退屈だ。退屈だ。平和は嫌いだ」
悪魔1「戦いたいな。戦いたいな。アウラ様を通じて、ルシファー様にお願いしてみようか？」
悪魔2「いいかも」
悪魔3「いいかも」
（ルシファー。甲冑姿で現れる）
悪魔1「あ、ルシファー様！」
ルシファー「天使軍の動きはどうなっている？」
悪魔1「ルシファー様。戦線は膠着状態です。敵方に何の動きもありません」
ルシファー「そうか」
悪魔4「ルシファー様。あの……その……」
ルシファー「何だ？」
悪魔4「この状態はいつまで続くのでしょうか？」
ルシファー「喜べ。近日中に大きな戦を起こす見込みだ。お前たちもその心構えをしておけ」
悪魔1「戦。本当ですか？」

ルシファー「本当だとも」
悪魔2「やっとその時が来たか！」
悪魔3「よし。俄然やる気が出てきた！」
悪魔1「久しぶりに、大暴れしてやるか」

第二場

（ミカエル陣中。中央にミカエル。ルシフェルスが、舞台上手より現れる）
ルシフェルス「ミカエル様。お久しぶりです」
ミカエル「おお、ルシフェルスじゃないか！　随分、成長したな」
ルシフェルス「そうでしょうか」
ミカエル「うん。それで、何の用件だろう？」
ルシフェルス「はい。このたび、第三師団の天使長に就任しまして、そのご挨拶に伺いました」
ミカエル「ああ、それか。その件は私が推薦したのだよ」
ルシフェルス「ありがとうございます」

ミカエル「ただ、ここだけの話だが、反対する者も少なからずいた」
ルシフェルス「察しております」
ミカエル「うん、知っての通り。天使たちのなかには、君のことを『ルシファーの再来』だと噂する者もいる。武勇においても、知略においても、君は優れているが、その心性に悪魔的で陰鬱な所がある――というのが、その者たちの言い分だ」
ルシフェルス「否定はしません。私は半分悪魔ですから。いまだに悪夢にうなされますし。天使たちのような穏やかな気持ちになることもできません」
ミカエル「ただ、私はだね。君は是非ルシファーに会うべきだと思うのだよ。会って話をするべきだと思うのだよ。君の本当の居場所は、ルシファーの元ではないか、という気がするのだ」
ルシフェルス「ミカエル様。ありがとうございます。確かに天使でも悪魔でもない私は、天国も地獄も自分の故郷だという感じが致しません。この世界に自分の居場所がないといって、一時期、随分、オルラを悲しませたりもしました。そんな私の気持ちが理解できるのは、私と同じ境遇にある父ルシファーしかいないのではないか、という気がしているのです」
ミカエル「ルシファーもそう思っている筈だよ。ルシフェルス」

ルシフェルス「私には、父ルシファーの存在が必要なのです」
ミカエル「ルシファーもお前の存在を必要としている筈だよ。ルシフェルス」
ルシフェルス「ですから、私はこの戦に志願しました」
ミカエル「おお、私と同じ考えだ。ルシフェルス」
ルシフェルス「それを聞いて安心しました」
ミカエル「うん。それでこそ、君を天使長に推薦した甲斐があるというものだ。戦場では兵士よりも、隊長であった方が何かと融通がきく。次にルシファーが戦場に現れたら、君の部隊をあてるつもりだ。思う通りにやってみるがいい」
ルシフェルス「分かりました。次にご挨拶する時は、必ずや父も一緒に連れて参ります」
ミカエル「おお、ルシフェルス。私とルシファーの間を仲介してくれるか？」
ルシフェルス「いえ、私はそんな大した者ではありません。ただ、私が父と会って話をすれば、きっと父は私の話を理解してくれると思うのです。私の苦しみに共感を示してくれると思うのです。それは父と私の魂を救うことにもなるでしょう。それはこの戦いを終わらせるきっかけになるでしょう。それは私にしかできないことです」
ミカエル「成長したな！　ルシフェルス。うん。頼りにしているぞ！」

第三場

（ルシファー陣中）

ルシファー「ベリアル。ベリアルはいるか！」

（ベリアル、舞台上手より現れる）

ベリアル「は。ここに」

ルシファー「近く天使たちと一戦を構える見込みだ」

ベリアル「おお。とうとう決戦ですな！」

ルシファー「そうだ。怖いか？」

ベリアル「とんでもありません。吉報です。早く他の幕僚に伝えて参りましょう」

ルシファー「それは後でよい。実はな、己は次の戦いを最後の決戦にするつもりだ——。そのことで、お前にだけ事前に話し伝えておきたいことがある」

ベリアル「何でしょう？」

ルシファー「決戦の日はな。七月七日だ。その日、お前はカドニス要塞から出撃し、鶴翼の陣形を組んで、カテドラル目がけて包み込むように攻撃せよ」

ベリアル「指揮官は私ですか？」

ルシファー「そうだ。お前が総指揮を執れ」
ベリアル「ルシファー様は？」
ルシファー「それなんだが、己は屈強な悪魔の一隊を引き連れて、途中から別動隊となり、カテドラル奥地に潜入するつもりだ」
ベリアル「カテドラルのどこへ？」
ルシファー「ウロボロス宮殿だ」
ベリアル「あんなところに行って、一体何をするんです？」
ルシファー「ベリアルよ。お前は己が堕天する以前の天使長だった頃から、よく己に仕えてくれた。何も信じられない今となっても、お前の忠誠心だけは信じられるこの己だ」
ベリアル「ありがとうございます」
ルシファー「だから、お前にだけ、己の腹を見せておこう。お前は、ウロボロス宮殿に曼荼羅がある事は知っているな？」
ベリアル「曼荼羅？　あの飾りみたいなものですね」
ルシファー「あの曼荼羅は一見、飾りに見えるが、大天使たちの秘術によって、この宇宙の秩序を形作っているものでもあるのだ。
お前も知っている通り、この宇宙が生まれたばかりの時、この世界は大変な混沌《カオス》に満たされていてな。なにしろ、光も闇もなく、上も下も、右も左もなかった。水も火も土も風もごちゃまぜになっていたのだ。エネルギーが過剰すぎて、暴走《オーバードライブ》を起こす危険もあった。己を含めた四人の大天使たちは相談して曼荼羅を作り、この世界に様々な法則を与えた。しかし、もし、この方法で世界が上手く運営しなかった時の事を考えてな。大天使たちは、曼荼羅とは全く逆の性質を持つ呪法も作っておいたのだ――。それを、逆曼荼羅《さかさまんだら》という。決められた日時にだけ、決められた天使だけがこの秘術を施せる。これは恐ろしい呪法でな。これを使うと、現在の宇宙の全ての法則は逆転し、水は下から上に流れ、天と地はひっくり返り、時は過去へと進んでいくことになるのだ……」

ベリアル「しかし、そんな事をして一体何になるというのです？」

ルシファー「これは宇宙を初期の状態に戻すための呪法なのだよ。ベリアル。時の流れを逆転させると、何が起こる？」

ベリアル「我々は時間と共に徐々に若返っていくでしょう……」

ルシファー「それから、どうなる？」

ベリアル「まあ、我々は赤ん坊になるのでしょう……」

ルシファー「それから、どうなる？」

ベリアル「……」

ルシファー「……そうだ。我々は皆、誕生以前にいた世界へと回帰していくことになる……。我々だけではない。天使たちも、この世の生き物も、全てそうなる。そうして、宇宙もまた、誕生以前の世界へ帰っていくだろう……」

ベリアル「（脅えながら）閣下は、その逆曼荼羅《さかさまんだら》を発動するおつもりなんですか？　それでは我々は皆滅びてしまうでしょう……」

ルシファー「これは『終わり』ではない。『はじまり』の昔に帰るのだ。ベリアル。己はこの世界を作ったのは失敗であったと思っているよ。この世界は、あまりにも、悲しみが多すぎるからだ。悲しみのない世界。そして生命の輝きに満ちた世界――己はそんな自身の夢と理想を、次の世界に生まれてくる天使たちに託したいと願う」

ベリアル「しかし、生命誕生以前の世界とは、どのようなものなのでしょう？」

ルシファー「それは、このルシファーにも分からない。しかし、古《いにしえ》の天使たちの間では、そこには『無』がある、と伝えられていた。全ての魂はそこから来て、そこに帰るのだと……。そこは全ての魂の故郷なのだと……」

（ルシファー一人に、スポットが当たる）

ルシファー「（独り言）これでいい。これでいいんだ。最初から生まれてこない、という事が、全ての生き物にとって一番幸せな事なのだ。それが、このルシファーの出した結論なのだ。しかし、なぜだろう。体の震えが止まらない。ええい。臆しているというのか？この己が。いや、それとも、何だ？　己の結論は間違えているとでもいうのか？　ああ、ルシフェルス！　ルシフェルス！　己を一人にしないでくれ……。己は、ただ、もう一度、お前に会いたくて……（うなだれる）」

第六幕

第一場

（ミカエルの陣営）

伝令「大変です。ミカエル様」

ミカエル「何事か」

伝令「悪魔の大軍勢が、カドニス要塞から出撃して参りました。物凄い数です。キロス砦、アトモス砦は陥落。ほか、周辺の砦も次々と攻め落とされています。悪魔たちは、その勢いのまま、こちらに向かってきております」

ミカエル「来たな！　よし。私の甲冑をもて。ほか、幕僚を集めよ」

（ミカエルの陣中。ミカエル、ウリエル、ガブリエル、ラファエルの四大天使長のほか、ルシフェルス、エリーゼ、カシエルなどの幕僚が集まっている）

エリーゼ「とうとう出てきましたね。多分、この一戦で全てが決しますよ。『バ』の口以上の大きな戦になるでしょう」
ミカエル「うむ。今度のは今までの戦い方とは違う。指揮官はルシファーか？」
ガブリエル「いえ。ベリアルだそうです」
ミカエル「ベリアルだと？　ルシファーはどうした？」
ガブリエル「それが、物見の報告によりますと、ルシファーは総監のような形で控えているだけで、直接の指揮はベリアルが執っているらしいとの事です」
ミカエル「妙だな。悪魔め。何を考えている」
ラファエル「どういう策略でしょう？」
ミカエル「現時点では分からないな」
カシエル「ともあれです。まず、籠城するか、野戦にするか、それを決めましょう」
ラファエル「それなら野戦しかない。カテドラルは、籠城に向いてない」
エリーゼ「撃って出よう。悪魔の性質は、この戦で我々もよく学んだ。指揮官が討ち取られれば、数が多かろうと、少なかろうと、連中は蜘蛛の子を散らしたように簡単に逃げていく。一点突破でベリアルの首級を挙げることができれば、十分勝算はある」
ミカエル「私も諸君の意見と同じだ。ただ、ベリアルを討ち取れば終わり、と考えるのは危険だ。今回は裏にまだ何かある」
ウリエル「やはりルシファーの動きが気になりますね」
ルシフェルス「皆さん。今回の戦争では、私の部隊を遊軍にして下さい。ルシファーには何もさせません。私が臨機応変に対応します」
ミカエル「おお、よく言った。ルシフェルス！」
ウリエル「では、我々の悩みの種であるルシファーは、ルシフェルスに任せて、我々はベリアル討伐の方法を考えましょう。地図を広げてくれ」

第二場

（ルシフェルス陣営。ルシフェルス隊の天使たちが中央で騒いでいる）

天使1「うわ。来た」
天使2「なんだ。あの数は。見たこともない。カドニス砦の中に、あんなに大勢の悪魔がいたのか。まるでイナゴの大軍じゃないか」
天使3「ビビるな。ビビるな。あんなのただの烏合の衆さ」
天使1「まるで悪鬼ルシファーの、憎悪と狂気を象徴しているかのような軍勢だ」

天使3「大丈夫だ。オイラたちには、神様がついている。負けるはずがない」
（ルシフェルスが現れて、天使たちを励ます）
ルシフェルス「落ち着け。皆。わが部隊は遊軍だ。ルシファーに対応するためだけに編成された部隊だ。ルシファーから目を離すな。ルシファーの動きに注目してさえいればいい」
天使2「ルシフェルス様。あそこにいるキラキラしたのが、ルシファーですか？」
ルシフェルス「そうだ。あの金色に輝いている悪魔がルシファーだ。戦争の途中で、必ずおかしな動きをするはずだ。空と陸から、よーく観察しろ。絶対に何もさせるな」
天使（全員）「はい。隊長」
（舞台下手より、伝令が小走りに来る）
伝令「申し上げます。中央のウリエル隊が、敵の主力と交戦状態に入りました」
ルシフェルス「始まったか。砂埃がひどくなってきたな。よし。わが隊は見晴らしのいい、あの丘の中腹まで移動しよう」
天使（全員）「おう！」
（ルシフェルス陣営。少し背景が変わる）
伝令「申し上げます。右翼ガブリエル隊が、敵将ソーマを討ち取り、そのままバフォメット軍の側面に突撃。中央ウリエル隊は、主力のベリアル隊と、一進一退の攻防を続けています。ほか、左翼カシエル隊はベルゼブブ隊に応戦していますが、やや押され気味の模様です」

ルシフェルス「大局は？」

伝令「味方がやや有利な形ですが、ほぼ互角。一進一退の攻防が続いています」

ルシフェルス「ご苦労。（部下に）ルシファーはどうしている？」

天使「相変わらずです。ベリアル隊の幕僚と共にいます」

ルシフェルス「よし。そのまま監視を続けてくれ」

天使（全員）「はい」

（時刻は四ツ刻。場所はルシフェルス陣営）

伝令「申し上げます。左翼のカシエル隊がベルゼブブ隊に敗走。後詰のエリーゼ隊が新たに交戦状態に入りました。中央ウリエル隊には、ラファエル隊が合流、敵主力と交戦していますが、敵主力は崩れません。右翼ガブリエル隊はバフォメット軍となおも交戦中」

ルシフェルス「大局はどうか？」

伝令「依然変わらず。一進一退の攻防が続いています」

ルシフェルス「ご苦労。（部下に）ルシファーはどうしている？」
天使「相変わらずです。ベリアル隊の幕僚と共にいます」
ルシフェルス「よし。そのまま監視を続けてくれ」
天使（全員）「はい」

（時刻は五ツ刻。場所はルシフェルス陣営）

伝令「申し上げます。中央ラファエル隊とウリエル隊が、敵主力の副将マンモンを討ち取りました。敵の主力に動揺が広がっている模様。エリーゼ隊は、敵左翼からの激しい迎撃を受けています」
ルシフェルス「大局はどうか？」
伝令「味方がやや優勢になりました。しかし、油断はできない状態です」
ルシフェルス「ご苦労。（部下に）ルシファーはどうしている？」
天使「相変わらずです。ベリアル隊の幕僚と共にいます」
ルシフェルス「よし。そのまま監視を続けてくれ」
天使（全員）「はい」

（時刻は六ツ刻。場所はルシフェルス陣営）
天使2「あっ！」
ルシフェルス「どうした？」
天使2「変なことを言うようですが……」
ルシフェルス「なんだ？」
天使2「いや、本当に変なことを言うようですが……」
ルシフェルス「だから、どんな変なことだ？」
天使2「あそこにいるルシファーは、本当にルシファーなのでしょうか？」
ルシフェルス「何ぃ？」
天使2「いや、姿形は同じなんですが、最初のルシファーとちょっと違うような気がしませんか？　最初のルシファーに比べて、何だか邪悪さが増しているような気がします」
ルシフェルス「むっ。確かに。なんだ？　あのルシファーは？　姿形は同じだが、顔つきが邪悪になっている。潜入した物見は？」
天使1「戻ってきません」
ルシフェルス「妙だな……。ちょうど敵の主力は崩れている。今なら、わが軍が突撃しても、被害は最小限に食い止められるか……。よし」

（ルシフェルス、立ち上がる）

ルシフェルス「聞け。これより、わが軍は敵主力の側面に突撃する。敵の本陣をかすめた後は、そのまま旋回して、この場所まで戻る。目的は二つ。一つは、味方部隊に加勢して、敵をさらに混乱させる事。二つ。至近距離でルシファーを確認する事だ。よいか。手柄は狙うな。被害は最小限に食い止めたい」

天使（全員）「おう！」

（ルシフェルス、天馬にまたがる）

ルシフェルス「ルシフェルス隊。出陣するぞ！」

天使（全員）「おう！」

第三場

（ベリアルの陣営。ベリアルとルシファーを中央に置き、周囲に側近が並んでいる）

ベリアル「今は何時だ」

偽ルシファー「六ツの刻だ」

ベリアル「ああ、そろそろか……」

偽ルシファー「こわいのか？」
ベリアル「当たり前だ」
偽ルシファー「私はこわくない」
ベリアル「偉そうに」
偽ルシファー「どうせ。いつかは死ぬ。ただ、遅いか早いか。それだけの事さ」
ベリアル「あー。どいつもこいつも、命賭けで戦っていやがる。こんな戦争が茶番だとも知らずに。この大軍勢はただの囮《おとり》で、本隊は別にあるのだ。誰も気づいていないがな。勝ちとか負けとか、もう関係ないのに、あのミカエルまでもが、我々の手の平で踊っているのだから、笑ってしまう」
伝令「申し上げます！　ルシフェルス隊が、ものすごい勢いで、わが軍の側面に突撃してきました。こちらに迫っています」
ベリアル「あー。そうか。分かった。分かった」
偽ルシファー「ルシフェルスだと？　どれ」
ベリアル「おい。ちょっかいを出すなよ。ここにおれ！」
偽ルシファー「おお、見てみろ。ベリアル。物凄い迫力で突っ込んでくるぞ。あんなにチビッコだったルシフェルスが。――ふふふ。よほど父親に会いたいとみえるな。どれ。挨拶をしてこよう」
ベリアル「余計なことをするな！　ここにおれというのに！」
（ルシフェルス。舞台の中央で悪魔と剣劇をかわして相手を倒したところで、偽ルシファーに話しかけられる）
偽ルシファー「ルシフェルスか」
ルシフェルス「ルシファー？　お前はルシファーなのか？」
偽ルシファー「そうだよ？　お前の父。ルシファーだよ？」
ルシフェルス「いや、違う！　お前の声は聞き覚えがあるぞ。お前は、子供の頃から私の夢に出てくるヤツだな？」
偽ルシファー「違うよ？　ルシファーだよ？　ルシフェルス――。ルシフェルス。どうして、お前は死なないんだい？　お前は悪魔の仲間でもなく、天使の仲間でもなく、誰の仲間にもなれないのに、なんで生きようとするんだい？　この世界にお前の居場所なんてどこにもないのに」
ルシフェルス「父が私の生きる希望だ！　私の居場所は父ルシファーの元にある。そして、父と一緒に天国の片隅で暮らす――それが私の望みだ」

偽ルシファー「だから、その父親のルシファーが、今、お前に直接言っているんだよ。そんな場所は、お前に用意されていない。早く死ねばいいと……」

ルシフェルス「去れ！　貴様はルシファーではない。ただの虚無だ！　ルシファーの影だ！」

偽ルシファー「お前には、生きる希望がないのだと……。お前は生きてはいけないのだと……。こんなに何度も言っているのに、なんで分からないのだい？　ルシフェルス……。ルシフェルスゥウウウ……。イヒヒヒヒ……（狂気じみた笑い）」

ルシフェルス「分かったぞ。お前の正体が――。お前はサタンだな？」

（ルシフェルスが腰の剣を抜いて、偽ルシファーに振りかぶると、偽ルシファーはサタンに早変わりする）

サタン「もう手遅れだよ。ルシフェルス。教えてあげる。今、ルシファーはねえ。カテドラルの奥深くにあるウロボロス宮殿で、逆曼荼羅《さかさまんだら》の秘術をかけている。逆曼荼羅《さかさまんだら》が発動したらねえ。この世界の全ての法則はひっくり返るんだよう。時間は過去に向かって逆流し、死者は土から出てきて蘇る。そうして、全ての者が若返っていく。お前も、私も、若返っていき、宇宙もその誕生以前の状態に戻っていく。この世界はリセットされる。大いなる浄化の時が来るのだ」

ルシフェルス「そんなバカな。なぜ止めない？」
サタン「なんで止めるんだい？　こんな素晴らしい計画を？」
ルシフェルス「父がおかしくなったのも、狂った計画を立てたのも、全部お前の仕業か？」
サタン「そうだよ。ルシファーがこのあやかしの世界に誑かされるようになったのは、全てこのサタンの術によるものだ。それにしても、ふふふ。ルシファーは優秀な駒だったよ？　私の理想を見事に実現してくれた。私はずっと見たかったんだ。この世界が滅びていく様を――。全ての命が無に帰していく姿を――」
ルシフェルス「なんで、お前は一人で絶望していない？　なんで、お前はこの世界を巻き込もうとする？　お前の絶望にのみ込まれてたまるものか！」
サタン「絶望？　絶望って何だい？　ルシフェルス。私は絶望なんてしてないよ？　私には良心がないのだから。ルシファーには、ただ、呪いによって、私の心の中を見せてあげただけだよ。そうしたら、彼は勝手におかしくなったんだよ」
ルシフェルス「悪党め。貴様は自分以外の存在を、何だと思っているんだ？」
サタン「私以外の存在？　――蛆虫だと思っているよ？」
ルシフェルス「ああ、哀れな奴！　お前は、本当に生き物の気持ちが、分からないのだろう？　――だから、お前はこの世でもっとも孤独で、惨めな存在になってしまった。お前は本当は自分一人だけ疎外された、この世界に絶望しているんだ。それなのに、自分で絶望していることにも気が付いていない——。お前は王などではない。この世でもっとも、滑稽で哀れな存在だ」

サタン「(狂気じみた笑い)ヒヒヒ。ルシフェルス。でも、そのルシファーの呪いから生まれたのが、『お前』なんだよ? ということは、お前は私の呪いによって生まれた、私の『子』でもあるんじゃないのかい? この世でもっとも滑稽で哀れな存在の『子』でもあるんじゃないのかい? 蛆虫以下の、生きる価値のない存在じゃないのかい? 違うのかい? お前は一体何者なんだい? ルシフェルス? ふふ。それじゃあ、お前にも父の心の中を見せてあげようか? 父親のルシファーを苦しめている、悲しくて、切なくて、怖い世界を、お前にも見せてあげようか?」

(サタン。ルシフェルスの頭に手をかざして、何かの呪いをかける)

ルシフェルス「何をした? お前? 私の頭に何をした?」

サタン「父からの贈り物だよ」

ルシフェルス「ああ、私の頭の中に、たくさんの……たくさんの……悲しみが入ってくる……」

(ルシフェルス。頭を抱えて転がり回る。サタンの声が、かすれたテープレコーダーのような声で流れ

てくる)

「おい、蛆虫」

(舞台のサタン、無表情なまま。かすれたテープレコーダーの声)

「頑張レ、蛆虫。蛆虫、頑張レ」

(舞台のサタン。面白がるように、手拍子をして笑いながら声援を送る仕草をする。音声はかすれたテープレコーダーの声)

「ガンバレ、ウジムシ。ガンバレ、ウジムシ、ガンバレ、ウジムシ、ガンバレ、ガンバレ、ウジムシ。ガンバレ、ウジムシ、ガンバレ、ウジムシ、ガンバレ、ガンバレ、ウジムシ。ガンバレ、ウジムシ、ガンバレ、ウジムシ、ガンバレ、ガンバレ、ウジムシ。ガンバレ、ウジムシ、ガンバレ、ウジムシ、ガンバレ……」

(ルシフェルス、発狂したようにその場所から逃げる)

第四場

(ベリアルの陣付近。天使と悪魔が戦っている戦場)

ベリアル「な、何だ。何だ。お前。よだれなんか垂らして。気持ち悪い。こっちに来るな。うわあ」

（ルシフェルス、ベリアルを斬り殺す）

天使「隊長！　大丈夫ですか！　うぐっ」

（ルシフェルス、天使を斬り殺す）

悪魔「何だお前は。こっちに来るな。うぐっ」

（ルシフェルス、悪魔を斬り殺す）

（ルシフェルス、天使も悪魔も見境なく斬り殺しながら、舞台を横断する）

第五場

（ミカエル本陣。ミカエルが中央に立ち、周囲に側近が立っている）
ミカエル「先ほどから敵の本陣がおかしい。混乱しているようだ」
側近「ルシフェルス隊が側面に突撃してからですね。何かあったんでしょうか？」

ミカエル「うむ。敵も味方も、何かから逃げ回っているように見える」
伝令1「申し上げます。敵本陣にて、ルシフェルス様が暴れているとの事」
ミカエル「ルシフェルスが？　何故？　もっと詳しく申せ」
伝令1「詳しいことは分かりません」
伝令2「申し上げます。敵の頭領ベリアルは、ルシフェルス様に討ち取られた模様です。悪魔たちが、蜘蛛の子を散らしたように逃げ始めました」
ミカエル「な？　なんだ？　何が起こった？」
側近「ベリアルが討ち取られた？　なら、なぜ味方も逃げている？　あそこで何が起こっている？」
伝令2「詳しいことは分かりません」
ミカエル「ええい。もっと詳しい情報を持っている者をよこせ！」
伝令3「ミカエル様。大変です！」
ミカエル「おお、その腕章はルシフェルス隊の者だな」
伝令3「はい」
ミカエル「よし、申せ」
伝令3「ルシフェルス様が発狂しました」

ミカエル「何故だ？」
伝令3「私が見ましたのは、ルシフェルス様と一緒に敵の本陣に突撃を繰り返していた時です。突如、陣幕からルシファーが出てきて、ルシフェルス様と激しい口論のようなものを始めたようですが、その後、いつのまにかルシファーの姿がサタンに変わっていました」
側近「何い。サタンだと？　ルシファーはどこだ？」
ミカエル「待て。話の続きを聞かせてくれ」
伝令3「その後、サタンがルシフェルス様の頭に手をかざすと、ルシフェルス様は突然、頭を抱えて苦しみ始めたのです」
ミカエル「サタンめ。呪いをかけたんだな。それからどうした？」
伝令3「ルシフェルス様は、奇声を発しながら、周囲にいた者を、天使も、悪魔も、見境なく斬り殺して、走り回りました」
ミカエル「今、ルシフェルスはどこにいる？」
伝令3「分かりません。ただ、ウロボロス宮殿がどうしたとか、逆曼荼羅《さかさまんだら》がどうしたとか、意味不明なことを口走りながら、悪鬼の如く天使も悪魔も斬り殺しながら、今も走り回っています。まるで恐ろしいものでも取り憑いたかのような、凄まじい奇声をあげています」
ミカエル「ん？　逆曼荼羅《さかさまんだら》だと？　はて……。逆曼荼羅《さかさまんだら》……。逆曼荼羅《さかさまんだら》……。あ！」

側近「どうなさいました？　ミカエル様」
ミカエル「おい、今、何時だ！」
側近「もうじき七ツ刻になります」
ミカエル「なんという事だ！　敵の狙いが分かった！　急ぎ私に続け！　この大軍勢は囮《おとり》だ。今、敵の本命は、ウロボロス宮殿にある。急ぎ、ウロボロス宮殿に集結せよ。時間がない。急げ！」
側近「ええ？　この戦場はどうなさいます？」
ミカエル「こんな戦場は、もうどうでもいい！　ルシファーの狙いが分かった！　まんまと出し抜かれたっ！」
側近「ミカエル様。何の話です？」
ミカエル「分からなくていい！　とにかくウロボロス宮殿に集まれ！　全速力だ！」

第六場

（ルシフェルス、一人で舞台の左右を行ったり来たりする）
ルシフェルス

「悲しい……悲しい……何でこんなに悲しいのだろう……
どうして、こんなに切なくて、胸が痛いのだろう。
どうして、涙が止まらないのだろう。
皆は、こんなにたくさんいるのに、
どうして、私は一人ぼっちで淋しいのだろう？
ああ、生きるという、ただ、それだけのことが、
こんなにも悲しくて、切ないだなんて……」

（スピーカーから、ルシファーの声が聞こえてくる　※あるいはルシファーが舞台袖からセリフを言う）

声「そうだ。ルシフェルス。
悲しいだろう？　涙があふれて止まらないだろう？
大きな声で叫びたいだろう？
それが生命だ！
お前はお前の生命の赴くままに走るがよい！
全てを乗り越え、
全てを踏みにじり、

迸る生命の激流に身を委ね、
流れ行く命の川をまっすぐに進んで来い！
その先に私ルシファーはいる。
私はお前が来るのを、両手を広げて待っている。
もうじき逆曼茶羅《さかさまんだら》が発動される。
そうしたら、この世界は終わる。
お前の死んだお母さんも、この世に再び現れる。
私の元へ来い！
私の元へ来い！
愛しいわが子よ。
母の元へ帰ろう……」

（別のスピーカーから、オルラの声が聞こえてくる。※あるいはオルラが舞台袖からセリフを言う）

声「悪魔の言葉に耳を傾けてはいけません。
ルシフェルス。
優しい子……

そして可哀想な闇の子よ……
その悪魔の言う悲しみの衝動に、身を任せてはいけません。
悲しみを、暴力にしてはいけません。
その悲しみは全ての命ある者の悲しみです。
お前は、その張り裂けそうな胸の悲しみを、
全ての命ある者へのいたわりと友愛に変えなさい。
お前は命の悲しみを知っているのだから……
お前はお前と同じように、
苦しみ悩むすべての魂を、
正しい叡智を持って、父なる天国へと導くのです。
生きて私の元へと帰って来るのです」

（ルシフェルス。激しく混乱するように頭を抱えてうずくまる）

ルシフェルス「分からない。悪魔の言う事と、天使の言う事と、どっちが正しいのか。私には分からないよ！」

（スピーカーから囁くように声が聞こえてくる。※あるいは、ルシフェルスらしき子供が舞台袖からセリフを言う）

声「（囁くような小声）同じだよう……。ルシフェルス……」

ルシフェルス「声……？　声が聞こえる……？」

声「（囁くような小声）天使も……悪魔も……同じだよう……。ルシフェルス……」

ルシフェルス「（聞き耳をたてる）誰の声？」

声「天使も……悪魔も……同じだよう……。天使も……悪魔も……悲しいよう……」

ルシフェルス「あなたは……誰です？」

声「……天使も……悪魔も……悲しいよう……。愛だよう……」

ルシフェルス「もっとお声を……」

（スピーカーに雑音が入り、やがて不快なノイズとともにサタンの声に変わる。ボリュームが大きくなっていく。※あるいは、サタンが舞台袖からセリフを言う）

サタンの声「……呪いだよう……
悲しいのは、呪われているからだよう……
そんなに悲しくて切なくて苦しいのは、

神の呪いを受けているからなんだよう……
そして、これから先も、永遠に悲しくて切なくて苦しい命を背負い続けていくんだよう……
楽になる方法を教えてあげようか……
自殺だよ……
こっちにおいで……
こっちにおいで……」

（声を振り払うような仕草をする）

ルシフェルス「（憎しみに満ちた目で）正体は、サタンか……。それともまた、お前の嘘なのか？　ああ、分からない。何も分からない。（ルシフェルス、混乱の激しさがさらに増す）天使も悪魔も嘘つきだ！　皆、嘘つきだ！　（ルシフェルス、凶暴になっていく）何もかも嘘だ！
何もかも嘘つきだ！」

（スピーカーから囁くような声がまだ何かを訴えているが、ボリュームが小さくて聞き取れない……。
※あるいは、ルシフェルスらしき子供が何かささやいている様子をぼんやりとスポットでうつす）

第七場

（ウロボロス宮殿。空に雨雲。時々、稲光が走っている。舞台下手からミカエルの軍勢が現れる）

ミカエル「見ろ。ウロボロス宮殿だ。思った通り。悪魔の軍勢が入口を固めているようだ」

ウリエル「ミカエル。ルシファーの狙いが、逆曼荼羅《さかさまんだら》だったとは、思ってもいませんでした」

ミカエル「今後悔しても遅いぞ。ウリエル。今は今できることを全力でやろう。ああ、主よ。全てはあなたのお導きのままに！」

ウリエル「凄い台風が来て、激しい追い風が吹いてきました。我々には絶好の機会です。強襲しましょう」

ミカエル「うむ。全軍、密集せよ。時間がない！　このまま激しい追い風を利用して、全速力の勢いで、敵陣に突撃する。敵陣を突破した者は、誰でもいい。奥にいるルシファーに飛びついて動きを止めよ。私に構うな。ひたすら突破することだけを考えよ」

軍勢「おう！」

ウリエル「突撃だ！」

軍勢「突撃！」

（舞台、下手からすごい勢いで、次々と天使の軍勢が走ってきて、上手に控える軍勢にぶつかる。はじき返される者もあるが、相手を倒す者もある）

悪魔「ひるむな。ひるむな。ルシファー様の命令だ。この入口は絶対に通すな」

軍勢「おう！」

（上手に詰める悪魔の軍勢。じりじりと後退する）

悪魔「ええい。何だ？　この天使軍の凄まじい迫力は？　まるでこの世の終わりが来るみたいじゃないか？　地獄の精鋭部隊が、押されているだなんて……。こんな小さい宮殿の奥に一体何があるっていうんだ？　うん？　何だお前は？　うぐっ」

（悪魔、斬り殺されて倒れる）

天使「押せ押せ。時間がない。もう一度、体当たりだ。それっ。うん？　何だお前は？　うぐっ」

（舞台の天使、悪魔が次々と倒れていく）

ウリエル「おや？　君は？　うぐっ」

（ウリエル、太ももを抱えてうずくまる）

第八場

（ウロボロス宮殿内。上手の方でルシファーが何かを動かしている）

ルシファー「やけに外が騒がしいな。ミカエルめ。己の計画に気付いたか。しかし逆曼荼羅《さかさまんだら》は、もう少しで完成する。ただ、さっきからこの手の震えが止まらない。これはなんだ？」

（舞台、下手から悪魔と天使の軍勢が争いながら、入ってくる）

ルシファー「ええい。あと少しだというのに。少しの時間すら、稼げないのか。悪魔どもめ。宮殿内への侵入を許すなとあれほど言ったのに！」

（天使や悪魔のつかみ合いの中から、ルシフェルスが進み出てくる）

ルシファー「お、お前は？　ルシフェルス？」

（ルシフェルス、狂気じみた表情で、ルシファーを睨みつける）

ルシフェルス「答えろ。お前はルシファーか？　それともサタンか？」

ルシファー「何を言っているんだ。お前はルシフェルスなのか？」

ルシフェルス「私の問いに答えろ？　お前は、本物のルシファーか？　それともまた偽物なのか？」

（ミカエルが間に割って入ろうとする）

ミカエル「ルシフェルス。お前がなぜここに？　うぐっ」

（ルシフェルス、ミカエルを斬りつける。ミカエル倒れる）

側近「ミカエル様！　大丈夫ですか？」

ミカエル「（肩をおさえながら）ああ、大丈夫。大丈夫だ」

ルシファー「幻影である筈のルシフェルスが、ミカエルを斬りつけただと？　どういうことだ？　これは？」

ルシフェルス「返事をしないということは、お前はサタンだな？　とうとう見つけたぞ。父の名を騙る魔王め。お前を殺せばすべては解決する」

ルシファー「待て。私はサタンではない！　ルシファーだ。お前は、本当にルシフェルスなのか？」

ルシフェルス「ルシファーだと？　悪魔め。お前は嘘をついている。サタン。貴様は私のもっとも大切な存在を冒涜した。八つ裂きにしてやる！」

（ルシフェルス、ルシファーに斬りかかるが、ルシファーはとっさによける。しばらく攻防を繰り返すうち、誤ってルシフェルスを刺してしまう）

ルシファー「わっ。わああっ。やってしまった。殺してしまった」

（静まり返る。ミカエルも、ウリエルも、黙ったまま。誰も動かない）

ルシファー「おい。ミカエル！　コイツはお前の妖術が作り出した幻影なんだろ？　そうなんだろ？」

ミカエル「（無言）」

ルシファー「まさか。まさか……己は取り返しのつかないことをしてしまったのか……」

ミカエル「（無言）」

ルシファー「（ミカエルの胸倉をつかむ）おい、ミカエル！　貴様に聞いているんだ。答えろ！　コイツは偽物なんだろ？」

ミカエル「（うつむく）遺体を見て、自分で確かめたらいいじゃないか……。ルシファー……」

ルシファー「はっ。そうだった。こいつが幻影なら、別人の姿になっているはずだ。別人だ。別人。別人に違いない」

（ルシファー。おそるおそる遺体を仰向けにする。死体はルシフェルスの顔）

ルシファー「ああ、ああ、別人じゃない……。別人じゃない……。うわあ」

（ルシファー、頭を抱えて泣き崩れる）

ミカエル「(天を仰いで) 主よ。これもあなたのお考えですか？　これが、あなたの望んだ結末ですか？　主よ。どうしてあなたは、時々こういう残酷な事をなさるのです……。主よ……」

終幕

（天国にあるルシファー邸の跡地。中央に墓が建てられ、オルラが祈っている）

ミカエル「やあ、オルラ。ルシフェルスの墓をここにしたのかい？」

オルラ「ええ。ここはルシフェルスが、一番会いたがっていた、お父さんの住んでいた家の跡地ですもの」

ミカエル「ルシフェルスの死は、不幸だった」

オルラ「あの子は誰よりも優しい子でした。そして、強い子でした。あの子は悩めるだけ悩み、苦しむだけ苦しみました。走れるだけ走り、生きられるだけ、生きました。そうして、悲しみに引き裂かれて死んでしまったのです」

ミカエル「ルシフェルスだけじゃない。ルシファーも、悲しくてたまらなかったさ……。私は見ていられなかった……」

オルラ「結局、ルシファーの魂が救われることはなかったのね……。ミカエル様とルシファーを仲介するという、ルシフェルスの夢もかなうことはなかった……」

ミカエル「ルシフェルスの死は、無意味ではなかったよ。オルラ。彼の死によって戦争は終わった――ルシファーが悪魔の軍勢を解散させたんだ」
オルラ「でも、戦争は終わっても、ルシフェルスは今も問いかけ続けていますわ」
ミカエル「ああ、そうだったね。オルラ。今、地上界はルシフェルスと同じ種族の者たちが住んでいる」
オルラ「あの天使と悪魔の混血児たちね。今回の戦争以後、生まれてきたの。戦争で結ばれた、天使と悪魔の愛もあったのかしら」
ミカエル「それは分からない。ただ、私とルシファーは、その新しい者たちを『人間』と呼ぶことにした」
オルラ「人間――引き裂かれた者――の意味ですね」
ミカエル「そうだ。天使と悪魔とに――悲しみに引き裂かれた者の種族だ。私たちはそんな人間たちに地上界を与え、このミカエルは天国から、ルシファーは地獄から、それぞれ彼等を見守り続ける、という条件で和解した」
オルラ「人間たちも、きっとルシフェルスと同じ苦悩を背負って生きるのでしょうね……。何で生まれてきたのかと……。自分の存在は正しいのかと……」
ミカエル「そうだね――。ああ。あと、サタンのことなんだがね」

オルラ「サタンはどうなったのです？」

ミカエル「サタンは今回、自分の計画が台無しになったことに、ひどく腹を立ててね。今は人間を誘惑しているそうだ」

オルラ「相変わらず、救われない悪党ね」

ミカエル「それにしてもだ。地上に住まう人間たちは、悪魔のような残忍さと天使のような優しさを備えた者たちとなるのだろう。悪魔のように暴力をふるえば、天使のように歌を歌うのだろう――ルシフェルスのように」

オルラ「私たちからすれば、人間というのは、全く矛盾した不思議な種族ですね？」

ミカエル「そうだな。しかし、私は彼等を祝福しよう。ルシフェルスと同じ血を持つ兄弟たちが、この後、どんな歴史を紡いでいくのか、それを私は見てみたい」

オルラ「そうですね」

ミカエル「（ルシフェルスの墓に向かって）人間よ。天使でも悪魔でもないお前たちは、同時に、天使でも悪魔でもある。それを忘れないでくれ――。私も、そしてルシファーも、お前たちのことを、いつだって見守っているよ？――この世に生きる全ての者に幸いあれ」

（胸で十字を切る）

須佐之男命

第一話　須佐之男と伊邪那岐

一

須佐之男命――外見は、熊のような大男で、全身毛むくじゃら。指一本で巨大な岩を持ち上げる程の怪力の持ち主で、いつも怒気を含んだ雰囲気を漂わせている。その霊力の深さは、日本を囲む四方の海を意のままに動かし、嵐をも自在に起こしたという。

性格は根っからの無頼。いつも荒ぶる益荒男の神々を従えて、乱暴な振る舞いやイタズラを繰り返していた。記紀によれば、アマテラスの宮殿に動物の死骸を投げつけたり、糞尿をまき散らしたりしたというから、原始の神にふさわしい野蛮さである。

もっとも、スサノオがただ乱暴なだけの無頼漢かというと、そうでもない。スサノオは思兼命の姪に恋心を抱き、その醜い顔を色気づかせながら、求婚を迫ったという笑い話も残っており、高天原の剛力自慢の若者と力比べしたときは、無邪気に若者に大岩を担がせようとした結果、殺してしまったという逸話もある。

ともあれ、スサノオは、単なる乱暴者というだけでなく、どこか少年のような無邪気な一面も備えていた。記紀の作者も、彼がどこか憎めない愛らしい一面を備えていた事を認めている。スサノオは、よくも悪くも純情な神様であった。

そして、これは、そんなスサノオが、イザナギと仲たがいをするところから始まる物語である。

二

記紀にもある通り、イザナギは、国造りを終え、黄泉の国から帰ってきた後、禊をした。この時、顔を洗うイザナギの両目からアマテラスとツクヨミが、そうして鼻からスサノオが生まれたと言われている。

この三柱の神々は皆、それぞれに深い霊性と個性とを備えていたが、なかでもイザナギの気に入っていたのは、アマテラスであった。絶えず伏し目がちなその表情は、憂いているような、微笑んでいるような、あるいは嘲笑しているような、不思議な趣を表していた。イザナギは、そんな姫君のたたずまいを殊の外喜んだという。

「かわいいのう」

ある日、イザナギは、そう言ってアマテラスを膝の上に乗せた。夏。高天原の空がどこまでも青く広がっていた日のことである。

「女の子というのは、なんて不思議で愛嬌のある存在なんだろう。わが娘ながら、女の子をみていると、自分の荒んだ心が、ほれこの通り。平和になごみ、若返っていくかのようだ。そうして、女の子というのは可愛がれば可愛がるほど、もっと愛嬌をみせてくれる。なんて素敵なことだろう」

アマテラスは、そんな父の言葉を俯いたまま微笑みを浮かべて聞いていた。すると、イザナギはふと何かを思いついたなりこう言った。

「どうしたら、今の私の心持にぴったりな贈り物ができるのかな？　そうだ、アマテラスよ。お前に太陽をあげよう。そうして、この国の支配者にしてあげよう。おお、私の可愛い御子。この国をヒマワリのような可愛い女の子で、いっぱいにしておくれ。今日から日本は女の国だ。どうだ。嬉しいか？」

「本当に？」

アマテラスは目を輝かせて言った。

「本当だとも！」

イザナギは、子煩悩な世の父親と同じように、娘の喜ぶ姿をみて、ワクワクしてしまった。そうして、さらに娘を喜ばせようと話を盛っていった。

「それだけじゃないぞ。この国の富も財産も全部、女のものにしよう。男は女を大切にしなければならない。男たちは皆女にかしずくようにさせる。男たちは、競争するだろうが、それは女に富や権力をささげるためだ。男たちは知恵を磨くだろう。しかしそれも女たちを幸福にするためだ。男たちは女に求愛するだろう。男の主人は女であるがゆえだ。女は平和な存在だから、女を中心にすれば、秩序は安定するはずだ。身の程をわきまえず、女をないがしろにするような男は、このイザナギが抹殺してやる」

「でも、弟たちは納得するのかしら。特にスサノオなど……」

「スサノオか」

そう言うと、イザナギは渋い顔をした。イザナギは日ごろのスサノオの振る舞いにはウンザリしていたのである。

「なあに、あんな不良の言いなりになるような父ではないて」

三

「親父殿！　気は確かか？　女の国だなんて、冗談じゃないぞ！」

話を聞きつけたスサノオは、怒ったの怒らないのではない。熊のような顔を真っ赤にして、イザナギの宮殿に入ってきた。

「やい。女ほど性悪な存在はいないのだぜ。父君は母者のことで、あれだけのひどい目にあったにもかかわらず、性懲りもなく、また女に甘い顔をなさる。ああ、男ってのは、なんてバカなんだ。せっかく造ったこの美しい国を女に与えるだなんて。やい。老いぼれ。貴様は女の魔性にたぶらかされて変な誓いを立てちまったのだぞ」

スサノオの体からは、今にも殴りかかってきそうな怒気が漂っていた。しかし、イザナギは少しも怯むことはなかった。むしろこの親不孝のロクデナシとは、いつか決着をつけねばならぬと思っていたので、むしろ望むところであった。

イザナギは威厳をもってこう答えた。

「男か女かは問題ではない。ただ、お前たち三兄弟の中で、一番優れているのがアマテラスだった。それだけのことだ」

「いいや、女は信用できぬ」スサノオは、そう口にした。

スサノオは女のいかに陰湿であるかを説いた。女は表向きはいつもニコニコしているが、裏では男を話の種にして面白がったり、互いに悪口を言ったり、意地悪をしたりして遊んでいるから、タチが悪い。一度女どもを図に乗らせてみろ。女はたちまちその娼婦じみた本性を明らかにして、際限もなくやりたい放題にやり、そのしわ寄せをすべて男に押し付けようとしてくるだろう。それは国の弱体化となり、亡国の兆しとなるだろう。

「お前はモテないから、そういうヒネクレたものの見方をするのだ。女は優しく接すれば優しくしてくれるし、冷たく接すれば冷たくもなる。お前はブサイクだから女の素晴らしさが分からないんだろう。はーん？」

そう言ってイザナギはスサノオの顔を改めてジロジロみた。

これは話にならぬ。スサノオは父のハゲ頭をみながら、この爺は本格的にボケてきたのではないかと疑った。

「ならば、己は黄泉の国に行こう」スサノオは言った。

「そうして死んだ母に話を聞いてもらおう。母であれば、このスサノオの気持ちを分かってくれるに違いない。女にだけ一方的に都合の良い世の中なんぞ、このスサノオはまっぴらじゃ」

すると、イザナギの顔色が変わった。イザナギは黄泉の国で妻イザナミの恥をかかされた女の憎悪や呪い、復讐、ヒステリーの恐怖を、イヤというほど味わっていたのであった。スサノオはその恐ろしい女を連れてきて、再度自分に詰問するつもりだと言うのである。

「それはいかん。それはいかん。そもそも黄泉の国への通路は、このイザナギが大岩でふさいでやったわ」

「ならば、己がその岩を破壊するから、場所を教えてくれたもう」

「デブめ。誰がお前なんかに教えてやるもんか」

「ズルイぞ。話が爺の一方展開じゃないか」

両者の口論は、平行線をたどるばかりであった。

四

それから数ヶ月経ったが、スサノオの怒りがおさまることはなかった。スサノオは、事あるごとに、「母ちゃんにあわせろ。やい。母ちゃんにあわせろ」と繰り返した。

連日のように繰り返されるこの言葉は、イザナギにとって脅迫のように響いた。事実、スサノオの度はずれた神通力は、その言葉に呪術性を帯びさせているようでもあった。

「母ちゃんにあわせろ。やい。母ちゃんにあわせろ」

イザナギはその言葉を聞くたび、黄泉の国での恐ろしい体験が頭に浮かぶのであった。

あの日の恐怖。腐乱死体。汗。悲鳴。開いた口。呪詛の言葉。憎悪。裏切り。殺意。伸びてくる女の手。蛆虫。暗闇。ヒステリー。嫉妬。羞恥。腐臭。首をしめにくる女の手。叫び。髪の毛。耳元でささやく声。「死ね……」。冷酷なまなざし。ハエ。卑猥な乳房。血。暗闇に浮かぶ陰毛……。

「母ちゃんにあわせろ。やい。母ちゃんにあわせろ」

毎日のように繰り返される、恐るべきスサノオの呪詛は、イザナギを気狂《きぐる》いさせていくようであった。そうして、ある日、気が付くと、いつの間にかイザナギは、この国からいなくなってしまっていた。イザナギは、スサノオの言葉が恐ろしくなって、どこかに隠れてしまったのかもしれなかった。

第二話　須佐之男と天照

一

いったい、スサノオは、なぜ頑ななまでに女の支配を嫌ったのか。それは恐らくスサノオが平穏な世界を嫌っていたからであろう。常に「戦い続ける」というのが、スサノオの生き方であった。

「男は戦いに生きねばならない」スサノオはよく言った。

「戦いのなかに友情が芽生え、戦いのなかに恐怖からの解放がある。絶対的な安心立命は、戦いのなかにしかない。戦うことを放棄した者に、真の幸福は来ない。豚の安心は、平和とは言わないからである。しかし、女は男を軟弱にする。軟弱な奴は男と呼ぶにふさわしくない。だのに、あの爺は何だ。何が女の国だ」

イザナギの国譲り以降、スサノオの女の悪口はひどくなっていった。その事はこの国の女たちは勿論、アマテラスにとって、全く面白くないものであった。特に、アマテラスには、八百万の神々を統率する自身の治世への反逆とも思えた。

「乱暴者のスサノオよ。なぜお前は、大人になろうとしないのだろう。周囲との調和と礼節を重んじ、互いに尊重の念で接し合うのが成熟した者の振る舞いではないか？　違うか？」

アマテラスがそう言うと、スサノオはこう答えた。

「お前たちは、そうやって、上っ面ばかり取り繕いたがる。しかし、表向きだけ慣れあって、裏では本当は仲が悪いんだろう？　キレイ事ばかり言いやがって。そんなものが大人の振る舞いだと言うのなら、大人になんぞなりたくないわい。女の指図も受けとうない。己は己の流儀で、立派に生きてみせようぞ」

アマテラスは答えて言った。

「スサノオよ。私はできる限り、お前の考えを理解する努力をしよう。その代わり、お前も私の考えを理解しようと努力して欲しい。私は和合の精神を理想に、皆を統率したいと思っておる。全ては一つじゃ、八百万の神々の友愛精神によって一つに和合した時こそ、全能の神威が発揮される時じゃ。そうした理想への取り組みに協力してはくれまいか？」

しかし、スサノオは反抗的な態度を改めなかった。

「嘘つきめ。己は、女のそういう仲良し好きな発想が大嫌いなのじゃ。何度も言う。己は戦いを欲する。真剣勝負の世界には『嘘』がないからだ。戦うという事が、己にとっては、相手への敬愛表現なのだ。勝負を嫌う弱者は、自分よりもさらに弱い者を見つけては、日陰の場所で、寄ってたかって陰湿になぶり殺そうとする。だから己は弱者が嫌いなのだ。何が和合の精神だ。そんな連中と仲良くなれるものか」

それを聴くと、アマテラスはため息をついて、首を振った。イザナギの場合と同じくこの無頼漢は、誰にも従おうとしない。どうしたものか。

二

さて、そんなふうにして、平和な話し合いによって、スサノオとの関係改善を模索していたアマテラスであったが、その風向きが変わり出したのは、イザナギが隠れてしまったという話を聞いてからであった。

「あんなにお優しかった父君が、スサノオの横暴に嫌気がさしてお隠れになってしまわれた……」

アマテラスは、その話を聞くと、怒りがむらむらと込み上げてきた。いや、アマテラスだけではない。これまでスサノオに恨みを持っていた者たち、イザナギを慕っていた者たち、弱者たち——特に女たちが、今度ばかりはスサノオの横暴に腹を立てた。

彼等はスサノオが通ると、露骨に視線を逸らしたり、ひそひそと聞こえよがしに悪口を言ったり、話しかけられても無視したりするようになった。そうして、一部の神々によるスサノオへの恐ろしい嫌がらせが静かに始まった。

しかし、鈍感なスサノオは自分が嫌がらせを受けている事など、全く意に介さなかった。彼はいつものように不良仲間と一緒に、喧嘩に明け暮れていた。ある時、彼の草鞋に釘が刺さっていたこともあったのだが、スサノオは釘を踏みつけても、それに気が付かず、馬に乗って荒野を疾走していたほどである。

もっとも、弟が高天原の神々から、嫌がらせを受けてきたということには、姉のアマテラスも気づいていた。アマテラスは気丈な美少女でありながら、優しさも備えている。また、乱暴者とはいえ、なんだかんだでスサノオを愛らしく思っていた。彼女はこの問題を解決させるためには、いよいよ強硬手段に出るしかないと考えた。

「そんなに戦いが好きなら、このアマテラスが一対一で戦ってやろうぞ！」アマテラスは言った。「あの思い上がった乱暴者を、一度みんなの前で懲らしめてやらねば、皆の怒りもおさまるまい」

かくして、アマテラスとスサノオの姉弟対決が決まった。既に季節は秋になっていた。

透明な風が吹き始めた紅葉の美しい日。大勢の神々の見守るなか、天の安川という場所で姉と弟は向き合った。

「平和主義者の姉者が、己に決闘を申し込むとは殊勝な心掛けじゃ！」

スサノオはそう言うと、ワクワクしながら、熊のような巨躯を左右に揺らして「勝負は己自身の霊力で行う。その上でどちらが上か。優劣を決めようぞ！」と声をあげた。

「お前の好きにするがよいわ」

三

川の周囲は、凄まじい霊気に満ちていた。

まずはスサノオ。彼はあたりをクルリと見回し、遠方にそびえる山脈に目をつけると、くわっと目を見開いた。すると不思議なことに、山脈の中から巨大な山が浮かび上がり、悠然と宙にのりながら、こちらに近づいてくる。たちまち空は果てしない大山の影に覆われ、あたりは闇に包まれた。

「まだじゃ！」多くの神々がどよめく中、スサノオは空を覆う巨大な山を睨みつけると、今度はフーッと息を吹きかけた。

すると、大山は凄まじい勢いで回転しはじめた。たちまち日本中の雲は巻き取られ、巨大な雨雲の塊が、山の上にできた。引き続きスサノオが、首を大きく左右に振ると、大山はその恐ろしい回転をさらに激しくしながら、轟音を発しつつ元の位置に戻り、ズシンと着陸した。そこで地響きが起こり、激しい震動となり、やがて甚大なる大地震が引き起こされた。

げに神の怒りとは、このような事態を言うのであろうか。その後、あたり一面、大雨、大地震、大津波が押し寄せ、雷が落ちるわ、地割れが起きるわ、竜巻が起こるわの大騒ぎとなった。或書に曰く。「コノ時、四海ハ荒レ、地ハ割レ、世ハ未曾有ノ災厄ニ見舞ワル。国土、アタカモ灰燼ニ帰スルカノ如シ」

見守る神々も「もう分かった。降参じゃ。もう結構じゃ」と叫んだ。

すると、無言のまま、その様子を見ていたアマテラスが立ち上がった。

「スサノオ。いかにもお前らしい乱暴なやり方じゃわいの。では、私がこれを治めてみせようぞ」

そう言うと、アマテラスは自分の上に太陽を呼び寄せた。すると、太陽の熱気は忽ちのうちに雨雲を霧散させ、荒波を鎮め、地震もやがて治めてしまった。

「どうじゃ？　スサノオ。これが世を治める力じゃ」

そう言うと、アマテラスは勝ち誇って、女の子らしい笑顔を見せた。

しかし、スサノオは驚くどころか、アマテラスを怒鳴りつけた。

「何が『どうじゃ？』だ！　その力は父君がお前に渡したものであって、お前本来の霊力ではないではないか？　己は最初に『勝負は己自身の霊力で行う』と確認した筈じゃ。お前は己本来の霊力で勝負しなければならない。こんな勝利はズルじゃ」

「何を言うか、スサノオ。父から譲りうけた力は、既に私自身の霊力じゃ」

「そんなら、どちらの言い分が正しいか。誓約をして神意を占いで決めようぞ」

「勝手にするがよいわ」

四

かくして、二柱の神は再び天の安川に相まみえた。

今度はアマテラス。彼女は最初にスサノオの持っている十拳剣《とつかのつるぎ》を受け取るや、バリバリと噛み砕いた。そうして、フーッと息を吹き出すと、多紀理毘売命、多岐都比売命、市寸島比売命の三柱の女神が生まれた。

次に、スサノオ。アマテラスの八尺の勾玉を受け取ると、それをガリガリと噛み砕き、フーッと吹き出した息の霧から、天之忍穂耳命、天之菩卑能命、天津日子根命、活津日子根命、熊野久須毘命の五柱の男神が生まれた。

これを見たスサノオは、「己の生んだ子の方が強い。己の勝ちだ!」と叫んだ。

「さあ、どうする? 姉者。もう一度、勝負をやり直すか? それとも負けを認めるか?」

と、スサノオが詰め寄ると、アマテラスは、ため息をついて、無言のまま、スサノオに背を向け、とぼとぼと天の岩戸という洞窟の方へ歩いて行ってしまった。そうして、出入り口を岩で塞ぐと、洞窟のなかに引きこもってしまった。

アマテラスは、その時一緒に、太陽も隠してしまったので、あたりは暗闇に包まれ、高天原は再び大混乱に陥った。

「何じゃ? 今度は、突然、空が暗くなってしまったぞ」

「アマテラスがイジケて、太陽も一緒にお隠しになってしまったようだ」

「太陽がない? そんならこの世はどうなってしまうんじゃ?」

周囲が大騒ぎするなか、スサノオだけは舌打ちをしながらアマテラスの閉じこもっている岩戸を睨んで、こうつぶやいた。「だから、女は嫌いなんだ!」

第三話　須佐之男、高天原を去る

一

この世が暗黒に包まれるなか、スサノオが暫くぼんやりとたたずんでいると、「やい、スサノオ」という声がする。

それはスサノオに嫌がらせをしようとしていた——そして、スサノオから全く相手にされなかった——男たちの一群であった。彼等は松明をもっていたが、薄暗くて顔がよくみえない。

「イザナギといい、アマテラスといい、お前はいつも問題ばかり起こしているな」

やがて、その集団に、これまたスサノオに嫌がらせをしようとしていた——そして、スサノオから全く相手にされなかった——女たちが合流してきた。

彼等は数を頼りにスサノオに迫った。

「今回の一件も、お前が責任を取らないと、いかんのじゃないかのう？」

すると、スサノオは面倒くさそうに答えて言った。

「ならば、教えて欲しいのじゃが、今回の姉者との一件で、このスサノオが具体的にどんな悪いことをしたのか言ってみよ？」

彼等は言葉に詰まったが、集団の中にいた別の者が答えた。

「今回の一件というより、日ごろのお前の素行の悪さが原因ではないのかのう？　私等とは少しも仲良くしようとしない。いつも、乱暴で喧嘩ばかりしているお前の素行の悪さが、イザナギやアマテラスの御心をどれだけ痛めておるか、考えてみた事があるか？」

「『私等と仲良くしない』だと？　ふん。お前たちみたいのと仲良くするなんて、ああ、気持ち悪くて、気色悪くて、気味が悪くて、反吐が出るわい」

その言葉を最後まで言い終わらぬうちに、集団のなかからスサノオに石を投げる者があった。その石はスサノオのこめかみに当たった。すると、次々と石を投げる者が続出し、スサノオめがけて、多くの石が雨のように投げられた。

「お頭！」

そう言って、日ごろスサノオと暴れている屈強な益荒男たちが、遠くから加勢に入ろうとしたが、スサノオは「来るな！」と叫んで制止した。

「お前たち。こういう連中の相手をしてはいけない。なぜなら手が汚れるからだ」

「なんだと！」

やがて、スサノオが抵抗してこないことを知ると、一群の男たちは調子づいたように、さらにスサノオを殴る、蹴る、棒で叩く、髪の毛をむしり取る、針で突き刺す、生爪を剝ぐといった、凄惨な私刑《リンチ》を開始した。

「調子に乗るんじゃねえ。この野郎」

「ふん、スサノオなんて、大したことないじゃないか」

スサノオはただ体を丸めて、身を守るだけであった。——そのようにスサノオが袋叩きにされている様子を、女たちは、円を描くように取り囲んでいた。彼女たちはみな腕組みをしながら、恥辱を受けるスサノオの情けない姿を、冷然と見下ろしていた。

二

スサノオが袋叩きにされてから、どれだけ時間が経ったか分からない。

が、大勢の囲みが外れると、そこにスサノオが、ぴくぴくと半死状態のまま、動けなくなって転がっていた。その姿は痛々しく、生爪は全てはぎ取られ、体のいたる所に釘が刺されていた。全身の毛は全てむしり取られていた。羽毛を全てむしり取られたダチョウのような惨めな男が、血まみれの姿で寝転がっていた。

もっとも、私刑《リンチ》が終わり、男たちが去った後も、女たちだけはなかなかそこを立ち去らず、クスクスと笑い合ったり、ひそひそと何か話したりして、スサノオの惨めな姿をあれこれ品評していた。

「もういいだろう。去ってくれ」

スサノオの仲間たちがそう言って追い払うまで、女たちはその場を離れようとはしなかったのである。

「お頭、随分酷い目にあいましたなあ。はっはっはっ」

そう言って、屈強な仲間たちがスサノオを介抱した。

すると、気絶していたスサノオも覚醒し、むくりと半身を起こした。

「ふっふっふっ。嫌われとるのう。この己は」

「どうして、やり返さなかったんで？」

「さっきも言ったろう。あんな連中は、ぶん殴るのさえ、手が汚れるからだ。己は弱い奴とか卑怯者とは、喧嘩しない主義なのよ」

「これからどうします？」

「うむ。己はもう高天原を去ろうと思う。追い出されたのではないぞ。己の方が連中を見限ったのだ。そうして母がいるという黄泉の国なども探してみたい」

そう言うと、よろよろと立ち上がった。

「お前たちは、高天原に残るがよい。己は一人で旅に出ようぞ！」

三

あたり一面は暗かった。が、遠くの方でかがり火がたかれ、どんちゃん騒ぎをしている音が聞こえてきた。姉が引きこもっている天の岩戸のほうだったが、スサノオにはもはやどうでもいい事であった。

スサノオは体中に打ち込まれた釘を一本一本抜きながら、ふらふらと歩いたが、道中、どうしたわけか、涙が出てきた。

「惨めじゃったのう……。なんでこの己はいつも嫌われるのかのう……」

スサノオは今頃になって、何となく悔しくなり、男泣きをした。一発ぐらい殴り返してやっても良かったんじゃないか？　そう思ったが、自身の信条を破るわけにもいかなかった。

「しかし、どんなに嫌われようと、この己は己以外の者にはなれないのだから仕方がないじゃないか。己は己の正しいと思う生き方を貫いた。結果、惨めな思いをしても、これが己なんだから仕方がないじゃないか。うむ。己は間違っていない」

そうやって、ぶつぶつと独り言を言いながら、歩いていると、やがて遠くの方からわーっという歓声が上がった。何が起こったのかは分からないが、東の空から太陽が上がってきた。きっとアマテラスが岩戸から出てきたのであろう。

スサノオは、太陽を睨みつけると、そのまま仁王立ちして、こう怒鳴りつけた。

「運命よ。貴様も、よほどこのスサノオの事が、嫌いらしいな？　ならば、一つ貴様が思いつく限りの『逆境』とやらを、もっとこの俺に浴びせてみるがいい！　俺はそのことごとくを征服してやる。そして貴様に打つ手がなくなったその時こそ、貴様が俺に頭を下げるその時だ。よいか！」

スサノオは旅をしながら、自分にふさわしい国を探そうと思った。もし、ないならば、自分が王様になって、自分の理想とする国を造ってやろうと思った。もっとも、それはとても難しい事業であるに違いなかった。しかし、難しければ難しいほど、スサノオは燃えるのであった。逆境と戦い続け、挑戦し続ける所にこそ、スサノオの魂はあるからであった。

第四話　櫛名田姫

一

　さて、スサノオが高天原を去って、数年も経った頃であろうか。ここ出雲の国にある、とある村では、人身御供の儀式が行われようとしていた。

　毎年、この地を治める恐ろしい蛇神に生贄が行われていたのである。対象になるのは、年の若い美しい処女である。ここ数年は、ずっとアシナヅチ・テナヅチ夫婦の娘と決められていた。夫婦の娘は八人いたが、既に七人の娘が犠牲になっていた。

　そして、今年は最後の娘・クシナダヒメが生贄になることになっていた。クシナダヒメは、昔はとても美しく活発な女の子であったが、今は感情が死んだかのように、常に無表情。全てを諦めたような死んだ目をしていて、言葉を発することもなかった。

　クシナダヒメがそのような女の子になってしまったのは、毎年毎年仲の良かった姉たちが村の犠牲となって死んでいったからであった――。子供の頃、クシナダヒメには、七人の優しい姉がいた。姉たちは皆美しく、何よりクシナダヒメを愛してくれた。姉妹八人、本当に仲が良く、クシナダヒメも幸福だった。

ところが、八年前、村の長老たちの取り決めで、なかば一方的にアシナヅチ・テナヅチの姉妹を人身御供の生贄にする事が決められた。

「ちょうど八人いるし、八年分の生贄の準備ができて良かったじゃないか」

長老たちはそんな事を口にした。

「そうじゃ。アシナヅチ・テナヅチも、今はヨイヨイで碌に村の役に立てず、心苦しかろう。他の村人のために犠牲となれるのじゃ。こんな名誉なことはなかろうて」

そんな理由で、アシナヅチ・テナヅチの娘たちが生贄となることが強制的に決められた。その日の夜、両親と姉たちは皆、泣いていた。クシナダヒメは幼すぎて、その意味がよく分からなかった。

しかし、最初に長姉が生贄となって、死んだ。長姉は髪が長くてキレイな娘だった。そして、クシナダヒメは、八人姉妹のなかで一番美しくなる、と言ってくれた優しい姉だった。それが呆気なく死んだ。

二

(なんで私たちが犠牲にならなくてはいけないのか。理不尽じゃ)

クシナダヒメも年頃になると、そんな疑問を抱いたことがあった。

(そもそも村の男たちは、何をしているのじゃ。なんでこんな理不尽を受け入れるだけなのだ。なぜ蛇の化け物と戦おうとしないのか?　いつまでこんな馬鹿げた風習を繰り返すつもりなのか?)

しかし、それを口に出してはいけないと分かっていた。ある時、百姓の小男たちがクシナダヒメの所にやってきて、こんな事を言ったことがあったからである。

「おい、村の取り決めに逆らおうとしたり、逃げようとしたり、死んだりしようとするなよ?　そんな事をしたらどうなるか?　お前の老いたおっ父も、おっ母も、姉ちゃんたちも、みんな俺たちが村八分にして吊るし上げてやるから、そう思えよ!」

そう恫喝すると、笑いながら凄がってみせた。クシナダヒメには、ただ卑しくて下らない男たちにしか見えなかった。

それ以来、クシナダヒメは村の男たちに何か期待するのをやめた。また、女というのは、ただ、こういう下らない男たちの犠牲になるためだけに生まれてきたのかと思うと、悔しくも思った。

もちろん、クシナダヒメの運命に同情し、優しく接してくれる男たちもいた。しかし、クシナダヒメにとっては、そんな同情など要らなかった。彼女が求めていたのは言葉ではなかった。口先だけで何もしない男など、どうでもよかった。彼女が欲しかったのは、嵐であった。自分をこの世界から拉し去ってくれる、乱暴な竜巻であった。

（私にはなんだか予感がある……）

クシナダヒメは成長していくにつれ、そんな希望を持つようになった。

（いつか、こんな場所から、私を連れ出してくれる、そんな竜巻がやって来ると——。そう。私が求めているのは、優しさなんかじゃない。私の求めているものは、北風のように冷たくて、荒波のように激しくて、そして私をここから連れ去ってくれる、嵐のように乱暴な愛……）

しかし、いつまで待っても竜巻は来なかった……。

クシナダヒメは、だんだん口数が少なくなり、感情を自ら殺していき、ただ死ぬためだけに生きているような人生を生きるようになった。そうして、去年、最後の姉が死んでからは、ついに一言も話さなくなってしまっていた。

三

とうとうその日はやってきた。

クシナダヒメは神輿に乗せられ、山深くまで連れられると、手ごろな岸壁に鎖で何重にも括りつけられた。

(美しく死のう……)

クシナダヒメはそう思った。

(姉たちの名を汚さぬように、私も姉たちのように美しく死んでいくのだ。そうして、死後の世界で姉たちと幸せに暮らすんだ)

そんなクシナダヒメの覚悟をよそに、岸壁に括りつけながら男たちは、来年の生贄は誰にするのか、という話をしていた。そうして、馬や酒などの供え物も一緒に括りつけると、いつの間にかいなくなっていた。

クシナダヒメは、その間、ずっと目を閉じながら、化け物が来るのを待っていた。

一刻ほど経った頃であろうか。遠くの山から、ガサガサと音がしてくるのが聞こえてきた。同時にゴッゴッと何かを叩きつける音も聞こえてきた。何か悲鳴のようなものが聞こえると、静かになった。

すると、次第にガサガサ、ゴッゴッの音が大きくなってくる。明らかな悲鳴も聞こえる。なんだか様子が変である。クシナダヒメが薄目を開けると、何ということだろう。

クシナダヒメの目の前に、見た事もないような巨大な化け物――八つの首と八つの尻尾を持った巨大な蛇の化け物が、苦しそうにのたうち回っている。

さらに目を開いてよくみると、大木を抱え上げるように、その大蛇の首を締めあげている大男もいた。男は大蛇の首を締めあげながら、ゲンコツで何度もゴッゴッと蛇の頭を殴りつけていた。スサノオである。どうも戦闘状態に入っているように思われた。

その光景を目にした時、クシナダヒメは思わず身を乗り出した。

「来た。やっぱり来た！　私の愛しい竜巻が！」

第五話　須佐之男、八岐大蛇を退治する

一

それより数刻前の事である。高天原を出てから、数年間、各地を放浪していたスサノオは、ここ出雲にある、とある村落にたどりついていた。

スサノオは、以前よりも険しい風格を漂わせていた。それはスサノオがこれまでどのような過酷な旅路を経てきたかを表すものでもあった。

スサノオが適当にぶらぶらしていると、ふと川辺にある小屋の前の木で老夫婦が首を吊ろうとして、モゾモゾしているのを目撃した。

「待て待て。早まっちゃいかん」

そう言って、スサノオが老夫婦を、それぞれ腕に抱え上げると、「やい。お爺い。その年齢で自決するとは、よくよくの事情がある筈じゃ。一体、いかなる事情によるものか、話してみよ」

しかし、老人は、ぐったりとうなだれたまま、何も話そうとしない。

「安心せい。我が名は、スサノオノミコト。畏くもこの国を造り給うたイザナギの第三子、天津神である。己であれば、何か助けになる事があるかもしれぬ」

すると、老人は驚いたように、スサノオの顔をまじまじと見た。その威風堂々たる佇まいや、益荒男ぶりをみると、確かに只者ではない感じがした。そこで「私の名はアシナヅチと申す」と述べた後——村の取り決めで、娘七人が八岐大蛇の生贄となったという事。今日、八人目の娘が食われるという事。娘がいない人生など無意味であるから死のうと思っている事など、ぶつぶつと呟くように語った。

「かわいそうにのう」——そう言うと、スサノオは「やい、お爺い。そんなら事は簡単ではないか。その八岐大蛇とかいう化け物を退治すればよい」と提案した。

アシナヅチは、それに答えて曰く。

「それは八岐大蛇の恐ろしさを、ご存じないから言えるのです。何しろその蛇ときたら、頭は八つ。尻尾も八つ。腹は血のように赤くただれていて、谷のように大きいのです。とても尋常な化け物ではございません。村の男たちも誰一人逆らおうとしません」

「いや、勝負というのは、やってみないと分からないものだぞ。己は今、ちょうど強い敵を求めているところだ。では、その化け物とやらは、このスサノオが一対一で決着をつけてやろうぞ。それまで自殺は思いとどまるがよい」

そう言うと、スサノオは武器も持たずに、のしのしと蛇が住むという方向に向けて歩き出していった。

二

なるほど、それは確かに尋常な化け物ではなかった。蛇というよりも、巨大な山に八つの頭と尻尾がついているような化け物であった。それはまさにスサノオの言う「逆境」そのもののように、目の前に立ちはだかっていた。

スサノオは、ズカズカと化け物に近づくと、眼《ガン》をつけた。蛇が何か恐ろしいものの気配を感じて周囲を見回すと、スサノオの眼《ガン》と目があった。その呪術的な力によって、蛇は一時動けなくなってしまった。

「おい、化け物」

スサノオは言った。

「貴様はこのあたりで随分幅を利かせているそうではないか。しかし、お前はもうおしまいだ。己はスサノオ。イザナギの三子。神の子なり。やれるものなら、かかってこい。スサノオの力を見せてやる」

そう言うと、スサノオは驚くような速力で、山道を走るように、八岐大蛇の体を駆け上がり、すぐに大木のような首の一つを両腕でぎゅうっと締めあげた。スサノオの腕力は凄まじく、八岐大蛇の頭の一つが、たちまち爆発するように吹っ飛んだ。

「痛い！　ああ、痛い！」

八岐大蛇が身をよじって、左右に体を揺らしながら、振りほどこうとするも、スサノオの怪力は大蛇の体を掴んで離さなかった。

七つの頭と、八つの尻尾が、轟音をあげながら、四方八方からスサノオを叩き落とそうとすると、スサノオはそれらを器用に避けながら、次の首に取りついた。そうして、今度は両手で大蛇の頭を握り潰してしまった。

クシナダヒメが、八岐大蛇に気付いたのはこの時である。小さい彼女からみると、空をおおうかのような巨大な蛇の化け物が、目の前に広がっていた。しかし、そのような化け物を相手に、熊のような大男が素手で格闘しているのが、うっすらと見えた。

「この野郎この野郎」

スサノオはそう言いながら、八岐大蛇の頭を脇で抱えて、もう一方のゲンコツで何度も何度も殴りつけている。そして、スサノオがゲンコツをするたび、大蛇の脳ミソが噴き出し、目玉が飛び出し、顔の形が崩れていった。

クシナダヒメはその様子を、ただ感動したように眺めていた。

(私がずっと待っていた竜巻は、これだったんだわ。ああ、なんていう事だろう。今まで私を縛り付けていた怪物が滅びていく……。呪われたこの身が浄化されていくかのように……)

三

やがて全ての頭と、全ての尻尾が、スサノオによって毟り取られ、あるいは殴り壊されると、スサノオは山のように大きな化け物の体から悠々と下りてきた。そうして、クシナダヒメの体を縛り付けていた鎖を素手でちぎって、彼女を解放すると、こう言った。

「己はスサノオと申す。お前の父母の頼みによって、救いに来た。両親や村人たちの所へ連れて行ってあげよう」

「いいえ、スサノオ」しかし、クシナダヒメは感動したように言った。

「私はあなたと一緒にいたい、いつまでも——。私も一緒に連れて行っておくれ!」

スサノオは少し躊躇したが、アシナヅチの話から、この娘の悲惨な境遇をよく知っていた。この村にいるよりは、自分と一緒にいた方が幸せかもしれない——そこで、スサノオは娘と一緒にいようと決心した。そうして、八岐大蛇へのお供物として置かれていた馬の後ろにクシナダヒメを乗せると、颯爽と走り出した。

スサノオとクシナダヒメを乗せた馬は、山道を疾走し、アシナヅチ・テナヅチの家の前を横切った。遠くの方で、アシナヅチとテナヅチが心配そうにこっちを眺めている。

「お爺い。約束は確かに果たしたぞ！　娘はこのスサノオが大切にお守り申そうぞ！」

とスサノオが叫ぶと、クシナダヒメの父母は、手を振ってそれに応えた。

しかし、そのまま暫く馬を走らせていくと、村人の一群に遭遇した。村人たちはクシナダヒメが生きているのを見て、驚いた。

「お前、蛇神様はどうした？　もしかして、逃げ出したのか？　臆病者め。やい。馬の男と降りて来い。ひどい目に遭わせてやる！」

すると、スサノオが言った。

「八岐大蛇は、このスサノオノミコトが成敗した。これがその証拠じゃ」

スサノオは八岐大蛇の尻尾から取り出した草薙の剣を見せた。

「いや、ヨソモンなど信用できねえ。やい。クシナダヒメを置いてどこかへ行っちまえ。その娘は村の娘だ。ヨソモンには渡さねえ」

スサノオは、後ろを振り向かずにこう言った。

「クシナダヒメ。しっかりつかまっておれ！」

クシナダヒメは、広くて大きい、熊のようなスサノオの背中に、ぎゅうっと抱きついた。

スサノオの大きな背中は、土埃の匂いがした。クシナダヒメは、良い匂いだと思った。

後は、もう何が何だか分からない。村人の罵倒する声。スサノオの雄たけび。馬の嘶き。

土煙。伸びてくる手。蹄の音。汗。透明な風。左右に揺れるスサノオの肉体。何かと何か
がぶつかる音……。

四

気が付くと、クシナダヒメは果てしない荒野を、スサノオと一緒に走っていた。

「あの囲いを突破したの？」

クシナダヒメがそう聞くと、スサノオは後ろを振り返らずに「うん」と言った。

スサノオが後ろを振り返らないのは、きっとスサノオが女に慣れておらず、照れている
からだとクシナダヒメは見抜いた。そして、そんなスサノオを愛おしいと思った。

「これからは、スサノオが、私と一緒にいてくれる！」

クシナダヒメは感動した。

「これからは、強い強いスサノオが私を守ってくれる。これからは、スサノオが私をしっかりと抱きしめてくれる。そうして、私をどこへだって、連れて行ってくれる。ああ、スサノオ！　スサノオ！」

クシナダヒメの中で、これまで死んでいた筈の感情が、突如として蘇ってきた。喜び、悲しみ、怒り、楽しさが、鳥肌が立つように、彼女の心の底から噴き出してくる。

彼女は遠ざかっていく故郷の村落を見た。

「こんな所、二度と来るもんか！」彼女は興奮してそう叫んだ。何だかよく分からない感情のなか、自然と無数の言葉が出てきた。

「いつも逃げ回りやがって！　そんで、いつも数で脅しやがって！　そんで、いつも威張りやがって！　そんで、弱い奴にだけ、強気になりやがって！　そんで……」

クシナダヒメは、泣いているのか、笑っているのか、よく分からない感情に混濁しながら、なおも怒鳴り続けた。

「弱い者イジメばかりしやがって！　馬鹿野郎！」

クシナダヒメの声は風に乗り、遠くの方までこだましていった。春。夕焼けが果てしなく遠くまで広がっていた日のことである——。スサノオとクシナダヒメを乗せた馬は、そのまま地平線のむこうまで走って消えた。

あとがき

最近の小説は面白くない。

私は書店に並んでいる新刊本のほとんどに、興味をそそられない。たまに有力な文学賞をとった作品などを読んでみることもあるが、村上春樹のような文章で書かれた、優等生的・模範的な作品にしか感じない。何の感動もないし、思わず復唱したくなるセリフもない。そして、「文学賞の取り方」のようなハウツー本までが世の中に出回るに至って、「自分が書きたい（読みたい）のは、こういう作品ではない」と常々思ってきた。

実際、今回発表した作品集も、現代日本文学の影響は全く受けていない。例えば、本書の文体に強い影響を与えているのは、宮崎駿『風の谷のナウシカ』（コミック版）であり、井上雄彦『バガボンド』であり、富野由悠季『逆襲のシャア』である。――これらの漫画・アニメーションにでてくるセリフは、皆、今の貧弱な日本文学の言葉などよりも、はるかに私を感動させ、心を揺さぶる力のあるものである。

また、作品の内容についても、世界観こそ聖書や記紀の舞台を借りているが、その思想や哲学は、現代日本文学ではなく、サブカルチャーの影響によるところが大きい。具体的にいうと、アトラスの『女神転生』シリーズや、広井王子の『天外魔境II』、徳弘正也『狂四郎２０３０』などである。もちろん、ミルトン『失楽園』や、ヘシオドス『神統記』、北欧神話、ドストエフスキー、ボードレール、ヴィヨンなど、前時代の文学の影響もあり、引用もしているが、現代の日本文学からの影響は皆無である。

このような私の本が、今の日本に認められることはないだろう。しかし、私は世の中で認められなくても、自分が面白いと思う作品を書き続けたいし、探求し続けたい。今は、そうした私の作品に共鳴してくれる読者を、一人でも増やしていくことを目標にしている。

最後に、本書では現代では差別的とされ兼ねない語彙でも使用した箇所があることを一筆しておく。私はそれを気にしているが、文学的な表現を重視した結果とみていただけたら幸甚である。また、本書の刊行にあたり、東京図書出版編集室の皆様に大変お世話になった。この場を借りて感謝の意を表したい。

二〇二三年五月四日

著者

初出一覧

■「ルシファーの呪い」（初出『駿河台文芸　40号』二〇二一年六月）

■「悲しみのルシフェルス」（書き下ろし）

■「須佐之男命」（初出『駿河台文芸　42号』二〇二二年十一月）

早澤　正人（はやさわ　まさと）

東京都日野市生まれ。明治大学大学院文学研究科博士後期課程修了。博士（文学）。現在は仁川大学校（韓国）日語教育科副教授。韓国日語日文学会理事。専門は日本近代文学。単著に『芥川龍之介論 — 初期テクストの構造分析 —』（鼎書房、2018年11月）、共著に、宮坂覺編『芥川龍之介と切支丹物 — 多声・交差・越境 —』（翰林書房、2014年4月）、庄司達也編『芥川龍之介ハンドブック』（鼎書房、2016年4月）がある。

悲しみのルシフェルス

2023年7月6日　初版第1刷発行

著　者　早澤正人
発行者　中田典昭
発行所　東京図書出版
発行発売　株式会社 リフレ出版
〒112-0001　東京都文京区白山 5-4-1-2F
電話（03）6772-7906　FAX 0120-41-8080
印　刷　株式会社 ブレイン

ISBN978-4-86641-652-6 C0093
Printed in Japan 2023